宋词里藏着故事

和孩子一起读懂经典名篇

黄鸣　王力丁　著

北京日报出版社

图书在版编目（CIP）数据

宋词里藏着故事 / 黄鸣，王力丁著. -- 北京：北京日报出版社，2020.5（2024.6重印）
ISBN 978-7-5477-3489-6

Ⅰ.①宋… Ⅱ.①黄… ②王… Ⅲ.①宋词-少儿读物 Ⅳ.①I222.844

中国版本图书馆CIP数据核字(2019)第212798号

宋词里藏着故事

出版发行：北京日报出版社
地　　址：北京市东城区东单三条8-16号东方广场东配楼四层
邮　　编：100005
电　　话：发行部：（010）65255876
　　　　　总编室：（010）65252135
印　　刷：河北宝昌佳彩印刷有限公司
经　　销：各地新华书店
版　　次：2020年5月第1版
　　　　　2024年6月第4次印刷
开　　本：787毫米×1092毫米　1/32
印　　张：10
字　　数：123千字
定　　价：36.00元

版权所有，侵权必究，未经许可，不得转载

序

宋代是一个很有趣的时代。和唐代相比，它少了一些蓬勃进取的精神，多了一些雍容典雅的情致；少了一些抽刀断水水更流的感慨，多了一些琵琶弦上说相思的闲愁。宋代对文士非常优容，以此矫正中唐以来武将跋扈的局面，重文抑武的社会风气因此形成。为官的文人往往能享受富庶而优雅的生活，而宋词的根柢，就与文人们经常参加的酒筵歌席之上歌女的吟唱分不开了。北宋早期的晏殊、晏几道父子之词，以小令为主，风姿绰约，情致委婉。柳永将令词变为长调，将词意化雅为俗，一时之间，有"凡有井水饮处，皆能歌柳词"的盛况。苏轼早年不写词，通判杭州后向张先学词，他天姿英拔，将词用来抒写士大夫的情志，扩大了以婉约为主的词境，开创了宋词中豪放一派。北宋末有周邦彦与李清照，前者镂金刻彩，歌尽开封城市生活的风华；后者词境清婉，一篇《词论》，扫尽晚唐五代北宋词人，可谓巾帼不让须眉。金国南侵后，南宋立国于南方，抗金志士情怀慷慨，将家国之痛融入词中，词风为之一变，豪放词在辛弃疾的手中凌厉风发，达到一时之盛。而宋末与蒙古相持，亡国之势已成，词风复归于哀婉清真一路，是为亡国之音，余音袅袅，惹人哀思。

两宋三百余年，宋词与之相伴始终。《宋词中藏着故事》把这些故事用生动有趣的语言讲出来，可以加深我们对词作家的印象，也可以让我们对词作的内涵有更深的理解。这就是本书想做和试图去做的事情。

本书的作者，一位在大学任教，所讲授的，也都是《诗经》《楚辞》、汉赋、唐诗、宋词、元曲等古典文学精华，其家有小儿，正好读初中。此前在孩子小学时，就曾多次到孩子的学校里用孩子们能理解的语言给他们讲屈原、李白、杜甫、苏东坡，这次主持编写本书，也有其区区私意在内，希望能给孩子们写一本有趣的宋词读本，读后对课内和课外都有裨益。本书的另一位作者，是古代文学方向的研究生，是学校诗社的骨干，有大量的诗词创作经验，能够用接近读者心理的语言，写出有趣的文章来。我们的努力，就浓缩成了读者诸君面前的这本小书。

感谢各位编辑老师细致缜密的工作，才有了这本有趣的小书。

黄鸣　王力丁
2019 年 11 月 18 日

目录

范仲淹：别样的边塞 …………………………1

晏　殊：从神童到宰相 …………………………14

欧阳修：这些艳词是他写的吗 …………………………26

柳　永：奉旨填词柳三变 …………………………41

王安石：野狐精老人 …………………………55

晏几道：贵公子的爱情悲欢 …………………………68

苏　轼：贬谪出词人 …………………………80

秦　观：山抹微云学士 …………………………95

贺　铸：贺鬼头唱《六州》 …………………………107

周邦彦：大宋宣和时代的少年游 …………………………119

李清照：人比黄花瘦 ……………………………131

朱敦儒：且插梅花醉洛阳 …………………146

陈与义：乱世跋涉开隽词 …………………159

张元幹：以一首词激怒秦桧的人 …………171

岳　飞：怒发冲冠的英雄将领 ……………181

陆　游：亘古男儿一放翁 …………………195

张孝祥：天上张公子 ………………………209

辛弃疾：鹏翼垂空 …………………………223

陈　亮：拔剑斩马首的狂生 ………………239

刘　过：白日见鬼刘改之 …………………251

朱淑真：断肠人写断肠词 …………………263

姜　夔：音乐家词人 ………………………272

史达祖：燕子的呢喃 ………………………281

吴文英：七宝楼台的世界 …………………290

汪元量：南宋最后的悲吟 …………………301

范仲淹
别样的边塞

坎坷的成长之路

说起范仲淹，大家一定不会感到陌生，因为他的那句"先天下之忧而忧，后天下之乐而乐"实在太过著名了，千百年来，不知道激励了多少仁人志士为了国家和民族的兴盛而奋斗。

而能写出这句话的范仲淹，本身就是一位值得我们学习的榜样。

范仲淹的成长之路是充满坎坷的。两岁那年，他的父亲就去世了，母亲谢氏无依无靠，只好改嫁到一个姓朱的人家，于是幼年的范仲淹只能改姓为朱，名叫朱说。

小范仲淹非常有志气，他不愿多花家里的钱，就跑到附近的寺院里读书。每天晚上，他会煮一大碗稠粥，第二天粥凝固后，便用刀划成四块，早晚就着腌菜各吃两块。深夜读书时困倦了，范仲淹就用冷水洗面激醒自己，继续苦读。

后人非常钦佩范仲淹的苦读精神，于是便有了一个成语"断齑画粥"，"齑（jī）"就是腌菜的意思。

就这样过了差不多三年，通过一个偶然的机会，范仲淹终于知道了自己的身世。这让他深受刺激和震动，便发誓要重振范家，让母亲过上好日子。于是，简单收拾了行装，他便含泪告别母亲，孤身一人前往当时的最高学府——应天书院学习。

虽然在应天书院是"公费读书"，但生活费还得学生自理。范仲淹的生活依然过得非常艰苦，经常吃不上饭。有一位"富二代"同学想要帮助他，送来了很好的饭菜，但他却一口不尝，任由食物馊掉。同学怪罪起来，范仲淹解释说："我过惯了吃粥的苦日子，要是突然吃了这么好的东西，以后怕是吃不下粥了。"

值得一提的是，范仲淹尽管后来做了大官，却始终保持着清苦俭约的作风，并将此作为家风传承下去。

据说有一天他留一位客人吃饭，客人吃过饭后逢人便说："范丞相的家风变了！"人们询问其中原因，客人解释说："从前他穷的时候，只吃几根咸菜，如今居然加了两小块肉，不是家风变了吗？"人们听了，笑得合不拢嘴。

范仲淹就这样坚持苦读，别的同学有时看花赏月、寻欢作乐，他却只和书本为伴。关于他的志向，据说有人曾见过他在庙里卜卦，先是询问自己能不能当上宰相，接着又询问自己能不能当个好医生。在范仲淹看来，宰相可以强国富民，医生可以治病救人，只有这两项职业才能实现自己的抱负，这就是"不为良相，便为良医"的由来。

过了几年，迷信道教的真宗皇帝率领百官朝拜太清宫，浩浩荡荡的车马经过了范仲淹读书的城市，全城人都轰动了，争先恐后去看皇帝，只有范仲淹一人闭门不出，仍然埋头读书。

有个要好的同学特地来提醒他不要错过这个千载难逢的好机会，但范仲淹只是随口说了一句"将来还有再见的机会"，便头也不抬地继续读书了。果然，第二年他就中了进士，近距离见到了皇帝。

放榜的时候正是春天，新科进士们春风得意，跨着骏马在鼓乐声中游街，范仲淹更是百感交集地写道：

长白一寒儒，名登二纪余。
百花春满路，三月雨随车。
鼓吹迎前道，烟霞指旧庐。
乡人莫相羡，教子读诗书。

知识改变命运，经历了这么多坎坷的范仲淹，终于有机会实现自己的远大抱负了。不久，范仲淹被朝廷任命为官，他立即将母亲接来赡养，并恢复了范姓，从此开始了近四十年的官宦生涯。

镇守边关"穷塞主"

在担任管理地方的小官时,范仲淹非常关心普通百姓的生活,有一首家喻户晓的小诗《江上渔者》,就是他"仁民爱物"品格的最好体现:

> 江上往来人,但爱鲈鱼美。
> 君看一叶舟,出没风波里。

这首诗朴实无华,却用最平常的语言揭示了一个最深刻的矛盾:游人只知道鲈鱼肉质的鲜美,却看不到渔夫捕鱼时所冒的生命危险。三言两语之间,诗人对渔人生活的同情之心、对"江上往来人"的规劝之意跃然纸上。

尽管范仲淹一心为国为民,为老百姓做了很多好事,但由于他大胆直言,批评时政,经常遭到贬谪,一连过了十几年都没有得到重用。直到北宋爆发了与西夏的战争,他才被调到陕西,协助军事长官韩琦负责北部的军事防务。

范仲淹没有抱怨环境的艰苦,亲自到最前线延州视察。那里是西夏进犯的主要关口,战后城中一片凄凉景象,房屋和财物几乎被烧光抢光了,士兵们也毫无斗志。尽管情况如此糟糕,文人出身的范仲淹却毅然决然地留了下来,他安抚百姓,主持修复重建,并且抓紧军事训练,让边关的局势有了很大改观。

也就是在这个时候,他写下了著名词作《渔家傲》:

塞下秋来风景异。衡阳雁去无留意。四面边声连角起。千嶂里。长烟落日孤城闭。　　浊酒一杯家万里。燕然未勒归无计。羌管悠悠霜满地。人不寐。将军白发征夫泪。

范仲淹《渔家傲》词意画（《诗余画谱》）

和洋溢着乐观精神的盛唐边塞诗不同，范仲淹的词作中充满了苍凉和悲壮之意。在南方出生的他，敏锐地感觉到了西北地区风土物候之"异"，并且把眼前的景象和残酷的战事联系在了一起。

一方面，他作为大臣必须以国事为重；但另一方面，他又不能对眼前的凄凉景象无动于衷。于是，他只能举起一杯浊酒，在士卒们思乡流泪之际安抚他们：边患还未消除，敌人还没被打败，我们还不能回去啊！

根据记载，范仲淹一连写了好几首《渔家傲》，都以"塞下秋来"作为开头，描述边关士卒的劳苦，不过其余的几首我们今天已经读不到了。这几首词很快传到了朝廷，然而他的朋友欧阳修读到之后，却说范仲淹是"穷塞主"，嘲笑他写的都是穷苦蛮荒的景象。

后来，欧阳修送别一位将要到边关的朋友，也作了一首《渔家傲》，立意恰与范仲淹相反。他在词中写道："战胜归来飞捷奏，倾贺酒，玉阶遥献南山寿。"想象的是庆功宴上的饮酒作乐，并且说"这才是真正的大元帅所做的事"，言语之间，对范仲淹很是不以为然。

未曾到过边疆的欧阳修，对战争仍抱有一种浪漫主义的幻想，自然理解不了范仲淹。只有真正经历了战争，听过了士卒们的哭号，挨过了一个又一个思乡的夜晚，才能真正体会到戍边士卒的疾苦，写下"将军白发征夫泪"这样的名句，据说，就连敌军士兵听到这首词，都被感动得痛哭流涕。

范仲淹受到了边关军民的一致爱戴，就连西夏国都尊称时任龙图学士的范仲淹为"龙图老子"，认为他一人就抵得上数万甲兵。在他经年累月地镇守下，西夏国始终没有大的入侵，甚至还有人说，这都是那首《渔家傲》的功劳。

死后成了"阎罗王"

范仲淹不仅在政治上很有建树,还是一个人人称赞的"慈善家"。

根据记载,范仲淹对于生活用度控制非常严格,临睡前必须核对好账目,否则连觉都睡不着。尽管如此,他却并不是一个小气的人,因为少年时期的求学经历,他对于贫困学生的生活非常关注,经常参与"慈善活动"和"希望工程",帮助他们完成学业。

回到家乡之后,他更是用自己的全部积蓄回报家乡,建立义庄周济附近的穷人。

此外,办事严谨的范仲淹并不像大家想象的那样是一个刻板的人,他还很有生活情趣。他喜欢音乐,曾经跟随当时的著名乐手学琴,平日里兴起的时候也会自弹一曲。因为一直弹奏一首叫《履霜》的曲子,他还得到了"范履霜"的外号。

范仲淹还从少年起坚持舞剑（类似于广播体操），平日里下下围棋、练练书法，对于气功也很感兴趣，有事没事还给人开一些治病的偏方，就像我们的爷爷辈一样享受生活。

在布衣时为名士，在朝廷时为能吏，在边疆为名将，在乡里为善人，无论何时何地，他都是一个道德楷模般的存在。要是同时代的人搞一个"感动中国"人物排名，范仲淹一定能排在第一位。

还有一个有趣的小故事能说明人们对范仲淹的敬仰。有一户人家的父亲过世后，家人梦见父亲回家翻箱倒柜拿了一件新衣就走，奇怪地询问原因，父亲回答说："我就要去见范仲淹先生了，他作风正派，不打扮得规矩一点儿怎么行呢！"

人们据此传言说，范仲淹因为为人端正，死后做了阴间的"阎罗王"。由此看来，阎罗王也是有任期限制的，在范仲淹之前有过名相寇准，在范仲淹之后，还有大名鼎鼎的包公呢！

渔家傲①

塞下②秋来风景异。衡阳雁去③无留意。四面边声④连角⑤起。千嶂⑥里。长烟落日孤城闭。　　浊酒一杯家万里。燕然未勒⑦归无计。羌管⑧悠悠霜满地⑨。人不寐⑩。将军白发征夫泪⑪。

〔注释〕

①渔家傲：词牌名。因晏殊《珠玉词》中"神仙一曲渔家傲"一句而得名。双调，前后阕各五句，五仄韵。②塞下：边境要塞之地，这里指北宋时期与西夏交界的西北边境。③衡阳雁去：指大雁飞往衡阳避寒。传说秋天到来之后，北雁南飞，至衡阳（今湖南衡阳）回雁峰，便不再南飞，来年春天再度北还。大雁可以南归，征人却不能还乡，这里表达的是人在塞外的思归之情。④边声：边塞特有的声音，如号角、羌笛、马

鸣、风啸等。⑤角：军队中所用的号角，发声高亢凌厉，用以发号施令或振气壮威。⑥千嶂：绵延而峻峭的山峰。⑦燕然未勒：指战事尚未结束，不能立功凯旋。燕然，山名，一般认为在今蒙古国境内杭爱山。勒，雕刻，指在石头上刻字记功。典出《后汉书·窦宪传》，东汉窦宪曾率兵追击匈奴单于，至燕然山，刻石勒功而还。后世诗文叙及建立战功时，常用此典。⑧羌管：即羌笛，出自古代西部羌族的一种乐器。王之涣《凉州词》："羌笛何须怨杨柳，春风不度玉门关。"⑨霜满地：喻夜深寒重。⑩寐：睡觉，不寐就是难以入眠。⑪将军白发征夫泪：这里是互文的手法，无论是将军还是普通士兵，都鬓发斑白，泪流不止。

〔翻译〕

　　边塞之地的秋天到来之后，风景与其他地方不同，显得尤为奇异。雁群也毫不停息地飞往衡阳避寒，没有半点儿留恋之意。来自四面八方的边地悲声，伴随着军中号角一同响起，在绵延而峻峭的山峰之中，孤零零的城池在烟雾弥漫、夕阳斜照中紧闭。

　　饮下一杯浊酒，想念起家乡远在万里，可是战事未平、功名未立，凯旋回乡的日期还无法预计。听着悠扬凄婉的羌笛，夜深寒重，似有霜雪满地。将士们久久不能入睡，无论是将军还是普通士兵，都已鬓发斑白，此时此刻，他们都难以抑制地流下了泪水。

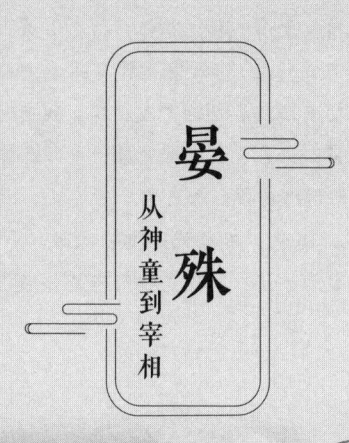

晏殊
从神童到宰相

"花落去"与"燕归来"

宋仁宗天圣五年（1027年）的春天，扬州郊区的大明寺里来了几位歇脚的客人。

大明寺因初建于南朝宋孝武帝大明年间而得名，是当地有名的古刹，不仅香火鼎盛，还吸引了不少文人雅士留下翰墨。寺里专门设置墙壁间供人题诗的诗板，此时已密密麻麻题满了诗。为首的一位客人似乎对上面的诗句很感兴趣，他负手缓行，示意随从念出上面的诗句，自己则闭目品鉴。

然而题诗虽多，却没有几首入得了这位客人的法眼，侍从们往往只念了开头几句，就被要求念下一首。一圈下来，竟没有几首诗能被念完的。

这时，一位侍从念出了诗板上不起眼的一首诗：

水调隋宫曲，当年亦九成。

哀音已亡国，废沼尚留名。
仪凤终陈迹，鸣蛙底沸声。
凄凉不可问，落日下芜城。

这是一首咏史诗，写的是隋朝亡国之事，意境苍凉，感慨深沉。客人闭着的眼睛突然睁开了，他没有催促侍从继续念下一首，而是在细细品读了一番后发出了提问："这首诗的作者是谁？"

侍从们不敢怠慢："是江都县尉王琪。"

江都距此地不远，客人满意地点了点头，吩咐道：

"你们拿上我的名帖去江都一趟，就说，我晏殊要宴请这位王县尉。"

很快，王琪便被请到了。晏殊很欣赏这位有才的后生小子，两个人一边吃饭一边谈诗文，不知不觉就聊了很久。饭后，二人又一起在寺里散步赏风景。

当时已经是暮春时节了，不时有花瓣飘落下来。晏殊心念一动，忽然想起自己很久之前做过的一句诗："无可奈何花落去"。这句诗情景交融，何其自然妥帖，然而想要续出不输于此的下句，却实在不太容易。晏殊先后想了"月东升""叶先黄"，都觉得不甚满意，只得搁置。

晏殊把这句诗告诉王琪，本以为王琪也得为难好一阵子，谁知他竟脱口而出："似曾相识燕归来。"

没错，这就是后来我们所熟知的《浣溪沙·一曲新词酒一杯》：

> 一曲新词酒一杯。去年天气旧亭台。夕阳西下几时回？　　无可奈何花落去，似曾相识燕归来。小园香径独徘徊。

"花落去""燕归来"都是自然现象，"无可奈何""似曾相识"，都是人的主观感觉。实际的事物容易做到对仗，但透露出的情感却往往难以对得这么巧妙，因此后来人称这两句"对法之妙无两"，实在是不可多得的好句。

细细品味,在"无可奈何"与"似曾相识"之间,似乎还带有一点儿哲思,让人想到美好事物的消逝,联想到人生的诸多变易。这极为普通的两个场景,便因此构建出了一种"情中有思"的意境。

果然,晏殊拍手称妙,后来便据此写出了《浣溪沙》一词。他实在太喜欢这两句了,在词里用完还不算,甚至还在《示张寺丞王校勘》一诗中又用了一次:

元巳清明例未开,小园幽径独徘徊。
春寒不定斑斑雨,宿醉难禁滟滟杯。
无可奈何花落去,似曾相识燕归来。
游梁赋客多风味,莫惜青钱万选才。

而本故事的另一位主人公王琪,也因为这句诗被晏殊所赏识。毕竟在这两首作品中,他也占了一定版权呢。

一个诚实的神童

讲完了"似曾相识燕归来"的故事,我们再来了解一下这位北宋著名的宰相词人——晏殊。

晏殊不仅惜才识才,自己也是博学多才之人。他出生的抚州临川素有"才子之乡"的美称,他从小就聪明好学,五岁时便可以写诗作文,是远近闻名的神童。

在十四岁的时候,他就经推荐前往当时的首都开封,与来自全国各地的数千名考生同时参加了规格最高的进士选拔考试。面对这样的大场面,小晏殊毫不怯场,出色地完成了好几场考试,博得了诸位考官的一致好评。

然而答着答着,晏殊却答不下去了。不是因为题目太难只能交白卷,而是因为他惊讶地发现,考试的题目竟然和他之前做过的"模拟卷"一模一样!

如果是一般人,这样的好机会简直求之不得,有了之前的准备,想要在这么多考生中脱颖而出,自然是轻而易举。然而晏殊却没有不动声色地继续答卷,而是向考官反映,请求更换试题重新作答。

这样的事儿可算是开天辟地头一遭,考官们赶紧将这件事上报给真宗皇帝。皇帝也很惊讶,询问晏殊为何坚持要换试题。晏殊的回答很简单,别人都没做过这样的试题,只有我做过,这岂不是对其他考生不公平吗?

真宗皇帝对这个诚实的孩子大为赞赏,授其秘书省正事,并让晏殊留秘阁继续读书深造。从此之后,他就一直留心观察着晏殊的一举一动。

有一天,大臣上奏说太子所居东宫缺一位侍读的官员,真宗皇帝立刻作出了批示,让晏殊担任这一重要职位。

主管大臣对皇帝的决定感到莫名其妙,于是特意去询问了其中的原因,皇帝解释道:"近来听说诸位大臣都在玩乐宴赏,只有晏殊在家和兄弟一起读书学习。如此谨慎好学,难道不应该成为太子学习的楷模吗?"

大臣们听说后,都感到十分佩服,但也有人心里犯嘀咕，晏殊表现得这么特殊，不会是在故意"作秀"，想要谋取一个好名声吧？

然而晏殊接下来的举动却打消了这些人的疑虑。在感谢真宗皇帝授予官职的同时，晏殊有些不好意思地解释道："我不是因为不喜欢出去玩，实在是因为家里经济条件不太好。我要是有钱的话，肯定也和大家一样出去玩了。"

真宗皇帝听了晏殊的解释，哈哈大笑，不仅没有责怪他，反而更加欣赏他的诚实了，此后对晏殊更是屡加提拔。

皇帝每次向晏殊咨询政事，都是用方寸小字把所问内容写在小纸片上给他。晏殊写好建议后，也会连同小纸片一起呈上，这样的谨慎严密，也让皇帝非常欣赏。

到了仁宗时，晏殊就成了宰相。他极为重视教育，和好友范仲淹一起进行了教育改革，史称"庆历兴学"。在其他方面，晏殊也同样做出了巨大贡献。

宰相的雍容风度

晏殊少年成名,却没有年轻人常见的那种傲气,总是仪态大方、行止有度。在他还担任小官时,就被人称赞前途不可限量;身居高位之后,也依然平易近人,唯贤是举。除之前提过的王琪之外,范仲淹、王安石、欧阳修等人都曾经他栽培、引荐,得到重用。

上文提到过,年轻时的晏殊无力承担宴饮玩乐的花销,但一旦稍有家资,他就非常喜欢招待宾客,以至于"未尝一日不宴饮"。他在公事上非常细致,但在宴饮上却非常随意,并不会提前准备美食,而是留下客人之后才缓缓置办。

所以客人们经常会遇到这样的场景,明明自己被留下来吃饭,但面前分明是一张只放了酒杯的空桌子。大家一边欣赏歌舞表演,一边谈笑饮酒,然后慢慢品尝呈上来的饮食。

等到大家都吃得尽兴，晏殊就会让歌舞者们退下，然后说："你们的才艺表演完了，接下来该我表演才艺了。"于是与宾客们一同赋诗作词，率以为常。

晏殊的诗词虽然写得很好，却从来不自重身份，也毫不吝惜自己的笔墨，只要遇到稍微懂诗词的人，就与他们互相酬唱。

不过对于诗词创作，他的评判却是极为严格。曾经有人写诗描述富贵人家的生活，诗中有"轴装曲谱金书字，树记花名玉篆牌"两句，晏殊认为这是没见过世面的写法，只知道用"金玉锦绣"这样的字眼搪塞。

而他在自己的诗词中，则着重描绘气象，比如"楼台侧畔杨花过，帘幙中间燕子飞""梨花院落溶溶月，柳絮池塘淡淡风"，何其雅致自然，处处展现出一种雍容大气的富贵风度。

晏殊的词集叫《珠玉词》，其词作也恰如珠玉般温润圆转，意致缠绵，语调谐婉。他还有另一首《浣溪沙》，也写得非常动人：

一向年光有限身,等闲离别易销魂。酒筵歌席莫辞频。　　满目山河空念远,落花风雨更伤春。不如怜取眼前人。

如同"无可奈何花落去,似曾相识燕归来"一样,在他一贯的雍容风度之外,我们还能品味出一丝哀愁。这些"哀而不怨,悲而不伤"的体验,正是我们欣赏眼前美景,"怜取眼前人"所带来的宝贵财富。

晏殊的这种风格也影响到了他的儿子,这也是我们在后面会了解到的另一位词人——晏几道。

五代·顾闳中《韩熙载夜宴图》(局部)

浣溪沙①

一曲新词酒一杯。去年天气旧亭台。夕阳西下几时回？　无可奈何花落去，似曾相识燕归来②。小园香径独徘徊。

〔注释〕

①浣溪沙：唐代教坊曲名，后用为词牌，亦作"浣溪纱"。②"无可奈何花落去"二句：虽描写春天常景，但工巧浑成、寓意深婉，似在有意无意之间。

〔翻译〕

填一首新词，饮一杯美酒，天气与去年相同，亭台楼阁也依旧。转眼间夕阳西下，它几时能够回头？

百花已经残落，多么令人无奈！春燕再度归来，倒好像是旧识。在落花散香的园中小路上，我独自漫步徘徊。

欧阳修

这些艳词是他写的吗

"白头翁"的词中哀音

很多人认识欧阳修,都始于课本里的《醉翁亭记》,并因此而记住了一个"苍颜白发""意不在酒"的醉翁。然而,这个"醉翁"并不像大多数人想的那样是个上了年纪的老顽童,毕竟写下那篇文章时,欧阳修才刚刚三十九岁。

当然,欧阳修的文章并不存在夸大的成分,因为他的面相确实显出了老态。根据记载,欧阳修因为家境贫寒,从小便体弱多病,所以出现了早衰的症状,不到四十岁就满头白发,以至于皇帝见了他这副模样都哭着问:"你怎么老成这样了?"

了解了这一点,你也就不难理解欧阳修在词中的诸多感慨了:

今日北池游，漾漾轻舟，波光潋滟柳条柔。如此春来又春去，白了人头。

——《浪淘沙》

人世间的枯荣盛衰，欧阳修很早就了解了，所以他喜欢宴游，喜欢饮酒，喜欢声色，喜欢春天与花朵，喜欢把他所经历的一切美好事物写进一首首小词里，把稍纵即逝的东西，凝结成永恒。

让我们把时间回溯到他更年轻的时候。那时的欧阳修刚中进士，在牡丹盛开的洛阳城当一个小官。他有一群志同道合的朋友，可以时常一起饮酒作乐、切磋诗文；他有一个通情达理的领导，不仅不让属下多干活，还支持他们搞文学创作。

有一次，欧阳修与同事们趁假期外出游玩，正当返程之际，突然天降大雪，道路变得泥泞难行。正当一伙人为耽误了考勤急得焦头烂额之际，领导却已经派人传来了话：工作不忙，不用急着回来，难得下雪，你们多欣赏欣赏风景吧。而更让欧阳修等人感动的是，随着这句话而来的，还有几名出色的厨子和歌伎。瞧瞧，不仅假期延长了，连员工福利都安排得这么到位。

按理说，这是一段最美好的时光，但在欧阳修这一时期的作品里，我们却很少能读到欢愉，而是会感觉到词中深藏的哀愁，比如这首《浪淘沙》：

> 把酒祝东风，且共从容，垂杨紫陌洛城东。总是当时携手处，游遍芳丛。　　聚散苦匆匆，此恨无穷。今年花胜去年红。可惜明年花更好，知与谁同？

花虽然一年比一年好看，但去年一起看花的人却已经不在身旁了，就像《送别》里唱的那样："人生难得是欢聚，唯有别离多。"即便是身处欢快之中，二十五岁的欧阳修所感慨的，也是这样一个沉重的命题。

欧阳修还有一首闺怨词《蝶恋花》，很是被他的远房亲戚李清照所推重：

庭院深深深几许,杨柳堆烟,帘幕无重数。玉勒雕鞍游冶处,楼高不见章台路。　　雨横风狂三月暮,门掩黄昏,无计留春住。泪眼问花花不语,乱红飞过秋千去。

这首词写深闺中的女子望夫归来,伤心年华老去,其中第一句"庭院深深深几许",连用三个叠字,显得极为工巧。为了致敬前辈,李清照竟一连在好几首词中用到了这一句,足见这首词的感人至深之处。

欧阳修《蝶恋花》词意画(《诗余画谱》)

谁还没点儿风花雪月

当然,既然身处洛阳的"芳丛"之中,欧阳修也就不太可能总是愁眉苦脸的,他也有几段风流韵事。

前文提过,欧阳修有个通情达理的领导,此人是吴越王钱俶之子钱惟演,为人风流洒脱、不拘小节,时常与下属们一起饮酒作乐。

有一个夏日的午后,钱惟演照常在官署的后花园与下属们宴乐,大家都早早到了,却唯独缺了两人——欧阳修和一位美貌的歌伎。原来,两人这段时间正打得火热,想必是到什么地方私会去了。

在一群人的窃窃私语中,两人终于一起到场了。钱惟演不好斥责欧阳修,只能拿歌伎出气,责问她为什么来得这么晚。歌伎回答,自己中午去乘凉,之后发现头上的金钗丢了,怎么找也找不到,这才耽搁了这么久。

钱惟演侧眼看向一旁揣着明白装糊涂的欧阳修,心里又好气又好笑。他故意板起面孔对歌伎说:"倘若你能让欧阳修当场作词一首,我就补偿你一支金钗。否则的话,就要治你迟到之罪了。"

面对情人投来的求助目光,欧阳修自然不作推辞。他稍加思索,便咏出一首《临江仙》:

> 柳外轻雷池上雨,雨声滴碎荷声。小楼西角断虹明。阑干倚处,待得月华生。　　燕子飞来窥画栋,玉钩垂下帘旌。凉波不动簟(diàn)纹平。水精双枕,傍有堕钗横。

表面上看,这首词通篇只是在写景,雷雨,荷花,彩虹,佳人倚栏待月;燕子,画栋,帘帐,枕边金钗横陈。但这样的画面,却偏偏能让人生出无限遐想,在座诸人听了,无不哈哈大笑。钱惟演也如约赠下金钗,不再计较两人的过错。

也许是因为这首词写得太过香艳了,让人觉得与欧阳修的风格有些不搭，很多人一直拒绝承认这首词是欧阳修写的。他们的理由也很简单，欧阳修可是潜心修史的一代大儒啊，怎么能写出这样的东西！一定是别人诬陷他的！

然而只要稍微翻翻欧阳修的词集就可以发现，类似这样的作品不但存在，而且为数不少。谁说欧阳修在板着脸教训人的同时，不能偷空换一副面孔写写这些风花雪月呢！

此意久寄山水间

当然，欧阳修的词里也不只有哀音和风月，作为一个热爱生活的人，他也写过不少闲雅之作，比如这首《采桑子》：

> 轻舟短棹西湖好，绿水逶迤，芳草长堤。隐隐笙歌处处随。　　无风水面琉璃滑，不觉船移，微动涟漪。惊起沙禽掠岸飞。

这里的"西湖"可不是杭州西湖，而是颍州西湖，在今天的安徽阜阳。在欧阳修的时代，这里可是不输于杭州的风景胜地，欧阳修当时在颍州做官，非常喜欢这里，一连写了十首《采桑子》描绘当地美景，这首便是其中之一。

轻舟泛于曲折的绿水之间，两岸的长堤芳草青青，处处传来柔和的笙歌声。水面波平如镜，小船无风而自移,惊起两岸的水鸟。好一幅空灵秀丽、淡雅明快的风景画!无怪乎后人评价此词:"闲雅处自不可及。"

在颍州做官的几年,秀丽的风景给欧阳修留下深刻印象,以至于到了晚年,他竟然要举家迁来此地养老。

而他在扬州时所修建的平山堂,更是成了宋人津津乐道的胜迹。据说,此堂雄踞山顶,下临江南数百里,连遥远的真州(今江苏仪征)、润州(今属江苏镇江)和金陵(今江苏南京)都隐约可见。其壮丽,在淮南一带无可匹敌。

赵孟頫书欧阳修《秋声赋》(局部)

欧阳修每到暑热之时,一大早就和客人去平山堂游玩,摘取荷花插在盆中,然后和客人们饮酒传花作乐,一直到深夜。这些宴游的盛况是如此深入人心,以至于许多年后有人前去寻访,还能遇到附近年老的僧人详细讲述当时的故事。

而关于平山堂,欧阳修也有一首广为后人传唱的《朝中措》:

> 平山栏槛倚晴空,山色有无中。手种堂前垂柳,别来几度春风? 文章太守,挥毫万字,一饮千钟。 行乐直须年少,尊前看取衰翁。

平山堂离周围的山很近,有人说,也许是因为欧阳修看书太多,眼睛有些近视了,所以才会写"山色有无中"。多年以后,欧阳修的得意门生苏东坡在黄州的快哉亭上,还想起了恩师的这首词,并记叙道:

长记平山堂上,欹(yǐ)枕江南烟雨,杳杳没孤鸿。认取醉翁语,山色有无中。

——《水调歌头》

欧阳修比苏轼年长足足三十岁,他非常欣赏这个才华横溢的年轻人,甚至叹息有苏轼在,三十年后恐怕不会有人记得自己了。但事实上,不仅苏轼记得他,直到今日,他的形象仍无比鲜活地存在于他所描写的山水之间。

在平山堂,欧阳修曾经种过一棵柳树,就是他在词中所写的"手种堂前垂柳"。在他离去之后很久,当地人依然悉心地保护着这棵柳树,并亲切地称它为"欧公柳"。

若干年后,一个姓薛的官员也来到了此地,东施效颦般地在堂前种了另一棵柳树,并四处标榜自己这棵"薛公柳"。人们自然不会理会这个狂妄轻浮的跳梁小丑,几乎是在他离开扬州的第一时间,人们就把这棵树砍掉了。

必背佳作

蝶恋花①②

庭院深深深几许③。杨柳堆烟④,帘幕⑤无重数。玉勒雕鞍游冶处⑥,楼高不见章台⑦路。　　雨横⑧风狂三月暮。门掩黄昏⑨,无计留春住。泪眼问花花不语,乱红⑩飞过秋千去。

〔注释〕

①蝶恋花:词牌名,又名《鹊踏枝》《凤栖梧》。②这首词亦见于冯延巳的《阳春集》,清人刘熙载说:"冯延巳词,晏同叔(晏殊)得其俊,欧阳永叔(欧阳修)得其深。"冯、欧二人词风有接近之处,有些作品往往混淆在一起。此词采用代言体,作者假托一位深居闺阁的女子,以她的身份、心理、口吻、语气进行创作,借此表达自己的所思所想。③几许:多少。许,估计数量之词。首句叠用三个"深"字,新奇。④杨柳堆烟:形容杨柳枝

叶茂密，似笼烟雾。⑤帘幕：用于门窗处的帘子与帷幕。⑥玉勒雕鞍游冶处：驾着华车骏马游玩的地方。玉勒，玉制的马衔。雕鞍，精雕的马鞍，指代华车骏马。⑦章台：汉代长安的街名，多歌楼妓馆，后来泛指追欢买笑之所。⑧雨横：来势很急的雨，骤雨。⑨门掩黄昏：关上房门，黄昏的景象被隔绝在了门外。本句表达了韶华空逝、人生易老的愁苦。⑩乱红：凌乱的落花。

〔翻译〕

庭院深深，不知究竟有多深？一层层茂密的杨柳如同笼起了烟雾，一重重帘幕多得难以计数。王孙公子们驾着华车骏马在哪里游玩呢？我登上高楼，也望不见去往章台的路。

风狂雨骤，已是三月暮春，哪怕是关闭重重房门把黄昏的景象隔绝在外，也无法把逝去的春光留住。含着眼泪向花朵倾诉心事，但花朵默默不语，只是纷乱地零落着，向秋千之外飘飞而去。

采桑子①

轻舟短棹②西湖③好，绿水逶迤④，芳草长堤。隐隐笙歌⑤处处随。　　无风水面琉璃滑，不觉船移，微动涟漪⑥。惊起沙禽⑦掠岸飞。

〔注释〕

①采桑子：词牌名，又名《丑奴儿》《罗敷媚》。这首词是欧阳修《采桑子》组词中的一首，描写春日泛舟于颍州西湖时所见的美丽景色。子，"曲子"的省称。②轻舟：轻便的小舟。短棹：短小的船桨。③西湖：指颍州西湖（今安徽省阜阳市西北）。④逶迤（wēi yí）：道路或河水曲折绵延的样子。⑤笙歌：指歌唱时有笙管伴奏。⑥涟漪（lián yī）：水面泛起的波纹。⑦沙禽：在沙洲上停留的水鸟。

〔翻译〕

驾着轻舟，划着小桨，行进在颍州西湖上，多么美好的风光！碧绿的湖水曲折绵延，长堤上的花草散出芬芳。隐隐传来伴乐的歌唱，随着船儿四处飘荡。

水面无风，光滑得好像琉璃一样，感觉不到船在前进，只看见微微的波纹在船侧荡漾。船只经过，惊起沙洲上水鸟，掠过湖岸飞翔。

柳永

奉旨填词柳三变

不同凡响的《望海潮》

虽然直到现在才出场,但柳永可是北宋词坛货真价实的老前辈——他比范仲淹、晏殊、欧阳修都要年长好多岁。然而奇怪的是,一提起前几个人,大家脑海里浮现出的都是一把胡子的老人家,但唯独提起柳永,想到的却是风流不羁的少年才子。

甚至,人们对他的称呼也带着浓浓的江湖气息——柳七、柳三变,简单但不粗俗,听上去就像是武侠小说里的角色。

当然,我们还得稍微花时间解释解释这两个称呼。古人常以家族中的排行互称,比如我们所熟知的元稹,就被叫作"元九";而元稹的好友白居易,则被叫作"白二十二"。柳永的"柳七",说的就是他在同祖兄弟中排行第七。而他的原名柳三变,也是大有来头。这个典故出自《论语》:"君子有三变:望之俨然,即之也温,听其言也厉。"这个名字体现了家人对柳永所寄予的厚望，希望他能够像一个谦谦君子一样，远望严肃庄重，近看温文敦厚，讲起话来也一丝不苟。

小柳永没有辜负家人的厚望，在十八岁那年，就通过层层选拔，取得了赴京应进士第的资格。然而，他并没有一鼓作气地赶往当时的首都开封，而是一路走走停停，开始了一段听歌买笑的放浪生活。他的第一站，就是杭州。

我们所熟知的《望海潮》，就作于这一时期，大约是在柳永流连杭州的第二年：

> 东南形胜，三吴都会，钱塘自古繁华。烟柳画桥，风帘翠幕，参差十万人家。云树绕堤沙，怒涛卷霜雪，天堑无涯。市列珠玑，户盈罗绮，竞豪奢。　　重湖叠巘清嘉，有三秋桂子，十里荷花。羌管弄晴，菱歌泛夜，嬉嬉钓叟莲娃。千骑拥高牙。乘醉听箫鼓，吟赏烟霞。异日图将好景，归去凤池夸。

柳永精通音律，这首《望海潮》就是他自创的词牌。此词将北宋承平时期杭州的富庶与美丽描摹得淋漓尽致，不仅铺叙流畅，形容生动，音律也婉转动人，被人们争相传唱。几乎是一夜之间，柳永就成了当时杭州城最有名的"流行歌手"。

冯梦龙编《古今小说·众名姬春风吊柳七》版画（明天许斋刊本）

这首词好到什么程度呢？传说在一百多年以后，北方金国的皇帝完颜亮读到了这首词，第一时间就被词中所描绘的美景折服了。想起"钱塘自古繁华"，这位从没见过江南水乡的皇帝不禁心驰神往，于是萌生了挥师南下的想法。

这当然只是一个传说，不过也从侧面反映出这首词的艺术感染力。时至今日，读到"三秋桂子""十里荷花""羌管弄晴""菱歌泛夜"，你是否还能感受到迎面而来的香气，听到曼妙动人的声音呢？

因为填词毁了前程?

由钱塘入杭州,再沿汴河入苏州,然后再到扬州,一路的繁华景象让年轻的柳永放慢了脚步。在每个地方,他都会因为迷恋湖山美好、都市繁华而驻足许久,当然,也会写下许多出色的词。就这样,等他赶到京城参加考试时,已经是七年以后了。

连着玩了这么多年才参加考试,就算是天才也无法延续神话,果不其然,柳永落第了。当时的真宗皇帝下诏打击浮华绮靡的文风,柳永的文章即在其列。

名落孙山的柳永满肚子的不服,气愤之下,他写下了著名的《鹤冲天》:

> 黄金榜上,偶失龙头望。明代暂遗贤,如何向?未遂风云便,争不恣狂荡,何须论得丧!才子词人,自是白衣卿相。　　烟花巷陌,依约丹青屏障。幸有意中人,堪寻

访。且恁偎红翠，风流事，平生畅，青春都一饷。忍把浮名，换了浅斟低唱。

细细品味此词，一种玩世不恭、藐视浮名的气质跃然纸上。然而写词时的柳永一定没想到，就是这首一时的泄愤之作，竟断送了自己的仕进之路。

据吴曾《能改斋漫录》记载，宋仁宗在批改考生试卷时看到了柳三变的名字，当即想起了这首词，于是大笔一挥除去了他的名姓，并且戏谑地在旁边批了一行小字："且去浅斟低唱，何要浮名。"柳永于是再次落第。

另一个版本的故事略有差异。据《苕溪渔隐丛话》中说，柳永只重视填词，忽略了道德修养。有人向仁宗皇帝举荐柳永，皇帝问："难道是填词的那个柳三变吗？"举荐者看到皇帝都知道此人，高兴地回答说："是。"谁知皇帝一盆冷水就浇了下来："那就让他去填词好了，要什么功名啊！"

郁郁不得志的柳永由此愈加疏狂，成日里醉心饮酒、诗词与玩乐。他索性刻了一方印章，每每作了新词便用此章落款，号为"奉旨填词柳三变"。在古往今来所有词人里，这大概是最有派头的落款了吧！有种说法就认为，柳永是北宋时期第一个专事填词的人。

当然，这两个故事的真实性是值得怀疑的，如果皇帝真的因为这么一点儿小事就刁难柳永，也未免太过小气了。据陈师道的《后山诗话》说，柳永词纤细婉转，而且通俗，不仅天下传唱，就连仁宗皇帝也是他的"粉丝"，"每每使侍女歌之再三"。究竟谁的故事才是真相，我们就无从得知了。

而且到最后，正是仁宗皇帝亲政后特开的恩科，因为放宽了录取尺度，才给了柳永中进士的机会，虽然这时的柳永已经年过半百，头发都斑白了。

无论仁宗皇帝是否贬抑了柳永，柳永屡试不第、仕途不顺却是真的。不过也多亏了这样，我们的历史上少了一位再普通不过的官员，却多了一位"以沉雄之魄，清劲之气，写奇丽之情，做挥绰之声"的大词人。

一生漂泊,浪迹天涯

在中进士前的几十年里,柳永一直过着漂泊无定、浪迹天涯的生活。他四处干谒,以期能谋取一官半职。干谒无门,便饮酒作词,流连于歌楼妓馆。也许有人会奇怪,柳永又没有什么正式工作,他每日的开销从哪里来?

事实上,柳永在当时那可是一等一的国民"网红"。"凡有井水饮处,皆能歌柳词",这样的知名度,只要靠刷脸就行了,不仅走到哪里都不用自掏腰包,还会有成百上千的乐工、歌女砸来大把大把的银子,为的只是求柳永为自己填一首红遍大江南北的爆款词作。

然而,在民间的爆红并不能让柳永的心情好受多少,他的作品中有大量的羁旅行役词,反映的就是这一时期的苦闷、辛酸和失意。这些词意境苍凉、情感真挚,远比五代及宋初词人的同类作品更为阔大。

他的名作《雨霖铃》,就作于第四次落第后,与人离别之时:

寒蝉凄切，对长亭晚，骤雨初歇。都门帐饮无绪，留恋处，兰舟催发。执手相看泪眼，竟无语凝噎。念去去，千里烟波，暮霭沉沉楚天阔。　　多情自古伤离别，更那堪冷落清秋节！今宵酒醒何处？杨柳岸、晓风残月。此去经年，应是良辰好景虚设。便纵有千种风情，更与何人说？

柳永词长于铺叙，有些作品伤于平直浅俗，但这首词却能用最自然的语句，写出难写之景，道出难言之情。远景近景相连，虚景实景结合，有离别当下已经切实感受到的痛苦，也有预想中离别后的悲伤。"今宵酒醒何处？杨柳岸、晓风残月"一句，更是被称为"千古俊句"。

全词秀淡幽艳，跌宕起伏，结尾处更是余味不尽，余恨无穷。一声叩问，仿佛直击灵魂，这种毫不克制的情感，放纵思念的情态，最为感人肺腑。

后人的笔记里记载了有关这首词的种种传说，文学作品中对这首词的句子或语意之借鉴也是数不胜数。《董西厢》里写张生、莺莺在清秋时的离别,以及张生在别后酒醒梦回时的情景,都可看出这首词的影响。

柳永《雨霖铃》词意画(《诗余画谱》)

那个"奉旨填词"的柳三变,似乎就一直身着白衣迎风而立,在自己的世界里"浅斟低唱"。他的身后跟随着许多手执红牙板的歌女,轻展歌喉,唱着永久的"杨柳岸、晓风残月"。

必背佳作

望海潮①

东南形胜②,三吴③都会,钱塘④自古繁华。烟柳画桥⑤,风帘翠幕,参差十万人家。云树⑥绕堤沙。怒涛卷霜雪⑦,天堑⑧无涯。市列珠玑,户盈罗绮,竞豪奢。　　重湖叠巘⑨清嘉⑩,有三秋⑪桂子,十里荷花。羌管弄晴⑫,菱歌泛夜⑬,嬉嬉钓叟莲娃。千骑拥高牙⑭。乘醉听箫鼓,吟赏烟霞。异日图将好景⑮,归去凤池⑯夸。

〔注释〕

①望海潮:词牌名,北宋新声,为柳永所创。②形胜:山川壮美、地理位置优越的风景胜地。③三吴:即吴兴(今浙江湖州)、吴郡(今江苏苏州)、会稽(今浙江绍兴)三郡,在这

里泛指江苏南部和浙江部分地区。④钱塘：杭州城的古称。⑤画桥：纹饰华美的桥。⑥云树：高耸入云的树木。⑦怒涛卷霜雪：汹涌的波涛袭来，卷起的浪花如同滚动的霜雪。⑧天堑：天然的沟壑，其险要可以隔断交通，一般指长江。此处指钱塘江。⑨重湖：西湖以白堤为界，分里湖和外湖，故名重湖。叠巘：层层叠叠的山峰。巘（yǎn），大山上的小山。⑩清嘉：清秀美好。⑪三秋：此处指秋季第三月，即农历九月。有时亦指三年或整个秋季。⑫羌管弄晴：即"晴弄羌管"。弄，吹奏。⑬菱歌泛夜：即"夜泛菱歌"，采菱夜归的船上歌声一片。⑭高牙：高高矗立的旌旗，因旗杆上饰有象牙，故称牙旗，多为军队主帅所建，亦用作高官的仪仗。⑮异日图将好景：改日把好景描绘出来。⑯凤池：即凤凰池，为皇宫禁苑中的池沼，代指朝廷。

[翻译]

作为东南一带的胜地、三吴地区的都会，杭州自古以来就十分繁华。茂密如烟的柳树，精雕细绘的桥梁，还有重重叠叠的遮风帘子和翠绿帷幕，高低起伏的楼阁约有十万户人家。高耸入云的树木环绕着沙堤，汹涌的潮水卷起如霜雪般的浪花，宽广的江面一望无涯。市面上陈列着琳琅满目的珍宝，每家每户都藏满了绫罗绸缎，争相比试奢华。

西湖的里湖、外湖和周边重叠的山峦，看上去都非常清秀美丽。在秋天，有桂花处处飘香；在夏天，有繁盛的荷花开满十余里。晴天欢快吹奏羌笛,夜晚划船采菱歌唱,钓鱼的老翁、采莲的姑娘都欢笑欣喜。诸多骑兵簇拥着长官的仪仗,长官趁着醉意欣赏箫鼓管弦,吟诗作词,流连于山光水色的秀丽。有朝一日把这美好的景致描绘出来,回京升官时,向朝中的人们夸耀称奇。

雨霖铃①

寒蝉凄切,对长亭晚,骤雨初歇。都门帐饮无绪②,留恋处,兰舟③催发。执手相看泪眼,竟无语凝噎④。念去去⑤,千里烟波,暮霭沉沉楚天阔。　　多情自古伤离别,更那堪冷落清秋节!今宵酒醒何处?杨柳岸、晓风残月⑥。此去经年,应是良辰好景虚设。便纵有千种风情,更与何人说?

〔注释〕

①雨霖铃:唐代教坊曲名,后用作词牌,词调始见于柳永《乐章集》。②都门:国都之门,指北宋都城汴京(今河南

开封)。帐饮:在郊外设帐饮酒饯行。无绪:没有心情,理不出头绪。③兰舟:船的美称,传说鲁班曾刻木兰树为舟。④凝噎:喉咙哽塞,哭不出声、说不出话的样子。⑤去去:越去越远。"去"字叠用,更觉行程遥远。⑥杨柳岸、晓风残月:在杨柳岸边,面对黎明时分清冷的晨风和寂寥的残月。此句写酒醒心境,亦是羁旅漂泊之感受,用景写情,余味不尽,最为后人所称道。

〔翻译〕

秋暮的寒蝉叫得凄凉而急促,傍晚时分面对长亭,一阵急雨刚刚停住。在都城门外设帐饯别,却没有饮酒畅谈的情绪,正在依依不舍之际,船上的人已催着向远方奔赴。握起手彼此对看,两人都满眼泪水,千言万语哽噎在喉,无从倾诉。想到这一程越去越远,千里迢迢,一片烟波,夜雾沉沉的楚地天空厚重广阔,不见尽头。

自古以来,多情的人就最为离别伤心,更何况正值萧瑟冷落的秋季,深重的离愁又怎能承受!谁知我今夜酒醒时身在何处?怕只能独在杨柳岸边,面对黎明清冷的晨风和寂寥的残月了。这一别年复一年,没有你相伴,即使遇到好天气、好风景,我也没有心情消受。纵使有满腹的情意,又能向谁诉说呢?

政治家的沉浮起落

我们都读过王安石的《元日》，在每年春节辞旧迎新之际，这首诗的"出镜率"可是相当高：

> 爆竹声中一岁除，春风送暖入屠苏。
> 千门万户曈曈日，总把新桃换旧符。

诗里虽然写的是过年时热热闹闹的场景，但作者用意却并不止于此。写这首诗时，王安石刚刚被宋神宗拜为宰相，正是春风得意、踌躇满志的时候，眼见千家万户都换上了新的桃符，他又何尝不想破旧立新，干出一番轰轰烈烈的事业呢！

熟悉历史就会知道，王安石这个名字，总是和"变法"两个字紧密地联系在一起。有人称

他是居功至伟的改革家,也有人说他是执迷不悟的糊涂蛋,更有甚者,竟视他为祸国殃民的大奸臣。而他与同时代其他著名历史人物,比如司马光、欧阳修、苏轼等人的恩怨情仇,也和"变法"脱不了干系。

他自己的文学创作,也常常受到变法推行状况的影响。变法顺利推进,他就写下昂扬向上的《元日》;变法受挫被贬,他就写下含蓄深沉的《梅花》,以凌寒盛开的梅花自比,表达自己对于政治理想的坚持:

> 墙角数枝梅,凌寒独自开。
> 遥知不是雪,为有暗香来。

王安石所处的时代,距离柳永在《望海潮》中所赞颂的那个时代已经过去了好几十年,进入了北宋中期。那时社会上出现了许多问题,国家军事虚弱,财政支出困难,许多有识之士都试图解决这些问题,王安石也不例外。

在最负盛名的一首词《桂枝香·金陵怀古》中,王安石就是借追怀南京城的古迹,抒发对现实的忧虑,表现出一个政治家的襟怀:

> 登临送目,正故国晚秋,天气初肃。千里澄江似练,翠峰如簇。归帆去棹残阳里,背西风,酒旗斜矗。彩舟云淡,星河鹭起,画图难足。　　念往昔,繁华竞逐,叹门外楼头,悲恨相续。千古凭高对此,谩嗟荣辱。六朝旧事随流水,但寒烟衰草凝绿。至今商女,时时犹唱,后庭遗曲。

金陵为六朝古都,自古便是一派繁荣景象,因此词的上阕,王安石登高远望,极力描绘金陵城的壮丽。然而到了下阕,他却笔锋一转,提到了六朝统治者因贪图享乐、不思进取而亡国的教训。杜牧笔下商女所唱的亡国之音犹然在耳,倘若不心生警惕、居安思危,那么北宋的祸事也不会远了!

了解了这首词的时代背景,你也就不难理解王安石何以如此执着于变法了——他是想凭借自己的努力,为北宋开出一张治病的药方。然而,到底有没有人严格按照他开的药方抓药呢?很可惜,似乎未能如他所愿。

据当地的酒官回忆,王安石罢相回到金陵后,时常有一位侍奉王安石的老兵前来打酒,于是他就好奇地询问起王安石的日常起居。老兵回答说:"王相公每天只是在屋里读书,时不时用手抚床叹息。"他在叹息些什么呢?

王安石《桂枝香》词意图(《诗余画谱》)

既是对手,也是知己

我们都知道,苏东坡是中国历史上少有的大才子,民间也流传着许多有关他骋才用智、纵情任性的趣闻逸事。然而"一山还比一山高",即便是博学如苏轼,也难免会遇到受窘的情况。

明代小说家冯梦龙在"三言"之一的《警世通言》中,就有《王安石三难苏学士》的故事,奉劝世人莫要自强自夸,而是要懂得"满招损,谦受益"的道理。这些故事的真实性当然值得怀疑,不过却反映了人们对王安石博学的认可。

尽管王安石与苏轼在政治上颇有分歧,但两人都非常欣赏对方的文采,时不时还拿作品互相讥诮打趣。有一个故事说,苏轼去当时京城的西太一宫祭祀,偶然看到了王安石的两首题诗,其一写道:

杨柳鸣蜩(tiáo)绿暗,荷花落日红酣。
三十六陂(bēi)春水,白头想见江南。

当时王安石已经去世了，苏轼对着故人的题诗看了许久，似乎思绪也被引向了遥远的江南。他不禁对着同行之人莞尔一笑："写诗的这个老头子，真是个野狐精啊！"为表示纪念，他还按照相同的韵和诗两首。

事实上，这并不是苏轼第一次用"野狐精"称呼王安石了，早在王安石写下《桂枝香·金陵怀古》之时，苏轼就说过类似的话。"野狐精"出自禅宗，原指不识正法的旁门左道，但也可用来赞叹不拘一格的奇思妙想。苏轼此语，显然是由衷的赞美之词。

今天我们再读这首《桂枝香》，也许感受不到太大的冲击力，但在当时可不一样，因为它和晚唐五代以来局限于闺阁私情的词作大不相同，显得极为开阖恢廓。后人评价王安石词"瘦削雅俗，一洗五代旧习"，与苏轼词的"一洗绮罗香泽之态"一样，均为打破常规之举，两人惺惺相惜、互为知己，也便不足为怪了。

晚年的王安石离开政治中心后，便退居江宁，自此门庭冷落。然而，在从黄州移官汝州之际，苏轼竟然专程来拜访了这位曾经的政敌，这让王安石大为感动。两人饮酒和诗，谈笑甚欢，王安石甚至劝苏轼在秦淮河畔置办田宅定居，以便两人朝夕相见。

苏轼有一首诗记叙两人的这次相见，并在诗的结尾，发出了"从公已觉十年迟"的感慨。无独有偶，在送别苏轼之后，王安石也对周围的人发出感慨："不知还要等上多少年，才能再次出现苏轼这等人物呢！"

曾经政治上的对手，后来竟互相佩服得五体投地，这无疑是一段佳话。不过仔细想想也并不奇怪，毕竟两人都是光风霁月、胸无渣滓之人，从来都是对事不对人，都有一颗为公之心，只是方式方法有些差异而已。

究竟谁的脾气更倔？

以王安石为首的变法派常常被称为"新党"，而与他们针锋相对的司马光等人，自然就被称为"旧党"。北宋中后期的政坛风云，基本就是这两党间的斗争掀起的。

奇妙的是，这两党的领头人物王安石与司马光，都是出了名的倔脾气。两人因此各得一个外号，王安石被称为"拗相公"，司马光则被称为"司马牛"。

说来也有些好笑，"司马牛"这个外号，还是出自苏轼之口。话说司马光执政之后，决定全面废止王安石制定的新法，苏轼眼见他一意孤行，连忙跑去提意见，希望保留一些便民利民的举措，谁知司马光压根儿不听，竟然丢下苏轼自己走了。

苏轼不依不饶，追着司马光又是一通叨叨，直说得口干舌燥，司马光仍然一点儿反应都没有。苏轼的一片良苦用心，都变成了对牛弹琴，不禁气得大喊："司马牛！司马牛！"言下之意，司马光比牛还倔，一点儿合理化建议都听不进去。

择善固执是优点，但有错还死犟，那就是错上加错了。平心而论，王安石的新法确有很多可取之处，早已杀红了眼的司马光根本不分青红皂白，上来就是一顿乱砍，这可让王安石气得够呛。

然而形势不如人，退居金陵的王安石也只能忍着。甚至从某种程度上来说，比起许多阳奉阴违、暗地里使绊子的小人，王安石反而更欣赏司马光这种直来直去的性格。

据王安石的门人回忆，有一天王安石去山里玩，突然停在一棵松树下，回头就对同行的人说："司马十二（司马光排行十二），是个君子呀。"一路上竟连续说了四遍。

一个"司马牛"，一个"野狐精"，这么看来，还是司马光的脾气更倔一点儿。不得不说，"嬉笑怒骂，皆成文章"的苏轼形容得真是贴切。王安石常常想人所不能想，为人所不敢为，工作中雷厉风行又不失机敏，生活里不拘小节还透着傲娇，可不就是个野狐精！比起始终板着脸的司马光，那真是可爱多了。

有一个小故事更是让人忍俊不禁，说的是王安石棋品不好，和别人下棋时总是不假思索就落子，因此形势常常变得不利。眼见要输棋了，王安石就耍起赖来，一边收拾棋子，一边一本正经地讲道理："下棋本来是为了放松心情，何必那么计较输赢呢！"

其实最计较输赢的那个人正是他自己，只不过，他嘴上可不会承认哟！

必背佳作

桂枝香 金陵怀古①

登临送目,正故国②晚秋,天气初肃。千里澄江似练③,翠峰如簇。归帆去棹④残阳里,背西风,酒旗斜矗。彩舟云淡⑤,星河鹭起,画图难足⑥。　　念往昔,繁华竞逐,叹门外楼头⑦,悲恨相续。千古凭高对此,谩嗟荣辱。六朝旧事随流水,但寒烟衰草凝绿。至今商女⑧,时时犹唱,后庭遗曲⑨。

〔注释〕

①桂枝香:词牌名,又名《疏帘淡月》,首见于王安石此作。②故国:即故都。金陵为三国吴、东晋、南朝宋、齐、梁、陈六朝建都之地。③千里澄江似练:千里长江如同一条长长的白绢。澄江,澄澈的江水。练,白色的绢。④归帆去棹:往来的船只。⑤彩舟云淡:彩饰的画船行驶在薄雾之中,如在

云间。⑥画图难足：用图画也难以完美呈现。⑦叹门外楼头：指南朝陈亡国惨剧。杜牧《台城曲》："门外韩擒虎，楼头张丽华。"韩擒虎是隋朝伐陈大将，他已带兵攻至金陵朱雀门外，陈后主还在和宠妃张丽华于楼头寻欢作乐。⑧商女：指歌女。⑨后庭遗曲：指歌曲《玉树后庭花》，相传为陈后主所作，哀怨绮靡，被视为亡国之音。最后三句化用自杜牧《泊秦淮》："商女不知亡国恨，隔江犹唱《后庭花》。"

〔翻译〕

登上高楼举目远眺，正值金陵晚秋时节，天气开始萧肃。千里长江澄澈得如同一条长长的白绢，青翠的山峰也好像丛聚在一起。残阳里无数船只来来往往，岸上酒家斜插的酒旗迎着西风飘拂。彩饰的画船出没在薄雾云烟中，白鹭在水中沙洲上时而停歇时而飞起，这清丽的景色就算用图画也难以完美呈现。

回想往昔，六朝的达官贵人骄奢淫逸，竞相仿效追逐着过豪华的生活。不由感叹"门外韩擒虎，楼头张丽华"的亡国悲恨接连相续。千古以来登高远望，对着映入眼帘的景色，只能空叹历朝历代的荣辱兴衰。六朝的往事如流水般消逝不见，繁华无存，只剩下寒烟笼罩衰草，凝成一片暗绿色。可叹今日的歌女们，还不知亡国的悲恨，时时放声歌唱《玉树后庭花》这样的亡国之曲。

晏几道
贵公子的爱情悲欢

宋代"贾宝玉"

《红楼梦》里的贾宝玉作为一个典型的文学形象,已经成为了"多情公子"的代名词。然而,就在贾宝玉"诞生"六七百年前的宋代,也有这么一个多情公子,贾宝玉的翻版,他就是晏几道。

晏几道是晏殊的第七个儿子,也是最小的儿子,他出生时,晏殊已经四十七岁了。中年得子的晏殊把这个聪明伶俐的小儿子视为掌上明珠,给予他最优渥的物质条件,可以说,晏几道从小就是含着金钥匙长大的。

身在罗绮锦绣之中,每日里珠围翠绕、锦衣玉食,又有幸遇上个诗酒风流的老爹,晏几道的少年时代可谓是逍遥自在。他天资聪颖,很早就中了进士,却毫不以功名为意,成日里只知斗鸡走马、填词衔觞,活脱脱一个贵公子。

也正因如此,晏几道和贾宝玉一样,形成了"不通世务""偏僻乖张"的性格。晏殊去世后,十七岁的晏几道不得不面对现实的压力,但他依然旧习难改,很快便家道中落。

三十多岁时,晏几道因为身陷政治纷争被捕入狱,多亏神宗皇帝宽宏大量才得以保全性命。不过自此之后,他的日子更不好过了,昔日翩翩贵公子,变得穷困潦倒、衣食无着。

也许有人会问,晏几道的父亲晏殊不是赫赫有名的"太平宰相"吗?就算是已经去世了,但一定还有不少门生故吏、世交好友,难道就没有人帮衬晏几道?

这个思路倒是没问题,但是别忘了,我们这位小晏生性高傲,又怎么肯低头求人帮忙呢?

据说有一次,早已名满天下的苏轼想要去拜访晏几道,他此行目的倒是很纯粹,只是想聊聊天交个朋友。谁知晏几道并不领情,一句话就把苏轼顶了回去:"当今朝堂之上的显贵,有一半是我家从前的门生,我连他们都无暇接见,更何况你呢!"

好交朋友的苏轼大概从来没有碰到过这样的钉子，他生性豁达，倒也没有计较什么。然而晏几道因为这样的古怪脾气得罪了多少人，也就可想而知了。

苏轼的弟子黄庭坚与晏几道是好友，他总结晏几道的性格，有这么"四痴"：仕途不顺却不愿结交权贵，这是一痴；文采风流却不愿追赶潮流，这是二痴；和家人一起饥寒交迫却不改赤子之心，这是三痴；被别人怎样辜负都不会记恨，一旦相信了别人，就推心置腹、再无疑虑，这是四痴。

虽然脾气怪了点儿，但因为这"四痴"，晏几道显得尤为可爱，所以黄庭坚也由衷地赞叹："叔原（晏几道字叔原），固人英也。"

当然，晏几道和贾宝玉最相似的一点，其实还在于他的"情痴"，下面我们就讲讲他和几位歌女的爱情故事。

当时明月照彩云

晏几道自编的词集叫《小山词》，用的是自己的别号，在词集的序言里，他这么写道："始时，沈十二廉叔、陈十君宠家，有莲、鸿、苹、云，品清讴娱客。每得一解，即以草授诸儿。"

如序言所写的那样，《小山词》中有大量的作品都在讲述晏几道与"莲、鸿、苹、云"这四位歌女的离合悲欢、风花雪月。从这些词的内容来看，晏几道可比贾宝玉还有"美人缘"。

比如这首描写与小苹初见时情景的《临江仙》，尽管时间已经过去了很久，但晏几道依然记得，那个刚一见面就用琵琶向他传送爱意的佳人：

> 梦后楼台高锁，酒醒帘幕低垂。去年春恨却来时。落花人独立，微雨燕双飞。　　记得小苹初见，两重心字罗衣。琵琶弦上说相思。当时明月在，曾照彩云归。

"落花人独立,微雨燕双飞"不是晏几道的原创,最早出自五代词人翁宏的律诗《春残》。而"当时明月在,曾照彩云归"一句,大概也是受到了李白"只愁歌舞散,化作彩云飞"一句的影响。不过晏几道的这首词实在太过出色了,因此也没有多少人去在意版权问题。

和李白一样,晏几道用"彩云"比喻美女。眼前明月仍在,但小苹已经不知所踪,旧日的温柔梦境也再难重回,只有那"两重心字罗衣"的鲜艳之色,和琵琶弦上的相思之调,还一直铭刻在晏几道心中。

有人统计过,《小山词》今存258首,其中有55首出现"梦"字,一直以来萦绕在晏几道心中的,就是那情味悠长、悲欣交集的旧梦。在另一首《鹧鸪天》中,这种情感体现得尤为强烈:

> 彩袖殷勤捧玉钟。当年拼却醉颜红。舞低杨柳楼心月,歌尽桃花扇底风。　　从别后,忆相逢。几回魂梦与君同。今宵剩把银釭照,犹恐相逢是梦中。

这首词写一次久别后的重逢,重逢的对象究竟是"莲、鸿、蘋、云"中的何人呢?我们无从得知,不过这并不重要,只要用心体味其中蕴含的情感就足够了。

词的上阕追忆当年宴饮的欢乐,"舞低杨柳楼心月,歌尽桃花扇底风",何其豪华,又何其欢乐!晏殊当年批评别人写富贵人家的景致,只知道用"金玉锦绣"一样的字眼去搪塞,看看小晏写的,又是何等气象!

到了下阕,晏几道笔锋一转,开始写离别后的思念与重逢后的惊喜。无数个夜晚,他在梦中见到了她,可人醒梦散后,依旧是孑然一身。终于,两人重逢了,他举起灯盏仔细打量眼前的人,迟疑着不敢上前,眼前的场景究竟是梦,还是现实呢?

毫无疑问,晏几道对这几个姑娘是动了真感情的。那个时候歌女的地位很低,可以被主人像财产一样随意处置,身为贵公子的晏几道不仅能对她们平等相待,还写词表达她们的痛苦,这份痴情,无疑让人动容。

青出于蓝,而胜于蓝

晏殊、晏几道父子均以词著于文坛,两人都擅作小令,风格上也有近似之处,常被合称为"大小晏"。这自然会有人琢磨,父子俩到底谁的词写得更好呢?

尽管有人欣赏大晏的雍容含蓄,有人倾慕小晏的沉郁顿挫,但总的来说,更多的词论家还是认为,晏几道青出于蓝而胜于蓝,成就要高出其父。

这其中的原因其实也很容易理解。词是抒发情感的。作为"太平宰相",晏殊必须时刻节制情感、注意风度,表现出"温润秀洁"的一面。但晏几道则不同,他的那份秀气神韵几乎可以说是出自天然,别人学也学不到。

晏殊也写过很多歌伎,但他是以高高在上的姿态写的,这些歌伎只是作为背景,或者词中的道具出现,他从未真正走进她们的生活,也自然难以理解她们的悲欢。

而天生情痴的晏几道,则自始至终和歌伎们站在一起,跟着她们一同痛苦哭泣,一同陶醉欢乐。尽管有人会批评晏几道,觉得他专工言情,不是"词家正声",但在批评的同时也不得不承认,他的词能以情感人,措词之婉妙,更是独步于当时。

更重要的是,晏几道相比于父亲晏殊,人生阅历更为丰富。他少时富贵,中年落魄,可以说尝遍了人间的苦辣酸甜。这样的生活非但没有摧毁他,反而让他形成了与众不同的性格,从而写下了更多情感真挚的名作。如果非要用一首词为晏殊画像的话,这首《鹧鸪天》也许最为合适:

> 小令尊前见玉箫。银灯一曲太妖娆。歌中醉倒谁能恨,唱罢归来酒未消。　　春悄悄,夜迢迢。碧云天共楚宫遥。梦魂惯得无拘检,又踏杨花过谢桥。

据说,连一贯以严肃面孔示人的大教育家程颐,在读到这首词的最后两句时,都忍不住赞叹:"鬼语也。"大概在每个人心中,都住着这么一个天真又浪漫、轻狂而自由的少年吧!

晏几道：贵公子的爱情悲欢

临江仙①

梦后楼台高锁,酒醒帘幕低垂②。去年春恨却来③时。落花人独立,微雨燕双飞。　　记得小苹④初见,两重心字罗衣⑤。琵琶弦上说相思。当时明月在,曾照彩云归。

〔注释〕

①临江仙:唐教坊曲名,后用为词牌。双调小令。②"梦后"二句:采用互文的手法,写春意阑珊,其实也是主人公兴味索然。③却来:又来,再来。④小苹:歌女名,又作"小蘋"。据晏几道在《小山词·自跋》里说,沈廉叔、陈君宠家有小莲、小鸿、小苹、小云几个歌女,晏几道每填一首词,就交给她们演唱。⑤心字罗衣:前人以为是用"心"字形的香料熏过的衣服,或是有着"心"字纹饰的衣服,未必确切。古人在创作时,每每通

过联想的方式错杂融会,得出奇句,本不必字字作解。

〔翻译〕

梦回之时,楼台上朱门紧锁;酒意退去,只见重重帘幕低垂。去年的春恨再次涌上心头,人在纷扬落花中悄然独立,燕子在微风细雨中成双飞翔。

还记得和小苹初次相见时,她身着两重"心"字香熏过的罗衣,轻轻拨动琵琶弦,娓娓诉说相思之意。当时的明月如今犹在,曾照着她彩云般的身影翩然归去。

鹧鸪天①

彩袖②殷勤捧玉钟③。当年拼却④醉颜红。舞低杨柳楼心月,歌尽桃花扇底风⑤。　从别后,忆相逢。几回魂梦与君同。今宵剩把⑥银釭⑦照,犹恐相逢是梦中。

〔注释〕

①鹧鸪天：词牌名，又名《思佳客》。②彩袖：代指穿着彩衣的歌女。③玉钟：玉制的酒杯。亦用作对酒杯的美称。④拼却：甘愿，不顾惜。⑤"舞低"二句：歌女舞姿曼妙，一直舞到明月低沉才停止；歌女清歌婉转，一直唱到劳累才休息。两句极言歌舞时间之长。桃花扇，伴舞的扇子，绘有桃花。这两句是《小山词》中的名句。⑥剩：只管。把：持，握。⑦银釭（gāng）：银质的灯台，代指灯。

〔翻译〕

当年，你身着彩衣翠袖，捧起玉盅殷勤劝酒，我开怀畅饮，喝得酒醉满脸通红。从月上柳梢的傍晚时分开始，直到楼顶的明月低沉，我们尽情地跳舞歌唱，直累得无力摇动桃花扇才停止。

自从那次离别后，我时常怀念美好的相逢，多少回在梦里和你相拥。今天夜里，我举起银灯把你仔细打量，还担心这次相逢又是在梦中。

苏轼

贬谪出词人

嬉笑怒骂，皆成文章

苏轼的弟子黄庭坚曾写过《东坡先生真赞》三首。这个"真赞"可不是我们平常夸人的那个"真赞"，而是一种文体，特指对人物画像的赞语。我们所熟知的"嬉笑怒骂，皆成文章"，就出自这里。

就像黄庭坚写的那样，苏轼是个真性情的人，他爱玩笑取乐，也敢怒敢骂。在《思堂记》里，他就提到了自己的性格：心里有想法就脱口而出，可是说出来会得罪别人，不说出来又憋得难受，怎么办呢？那就只好委屈委屈别人，自己说个痛快吧！

有一个小故事。苏轼有一天闲居在家，突然问自己身边的侍女："你们知道我肚子里装了些什么吗？"一位侍女说是满肚子文章，另一位侍女说是满肚子见识，只有爱妾王朝云的答案与众不同，也最让苏轼满意："您这一

肚子装的，都是些不合时宜啊！"

正是因为这样的性格，苏轼虽然朋友很多，却也因为这些不合时宜的话得罪了不少人，当了大半辈子官，倒有一半以上时间是在被贬谪。一不留神被小人陷害，搞了个"乌台诗案"，更是差点儿连命都丢了。

晚年的苏轼回顾自己的一生，写诗道："问汝平生功业，黄州惠州儋州。"这里提到的三个地名都是他被贬谪过的地方，一个比一个偏僻，一个比一个荒凉，但就是在这些地方，苏轼写下了许多传诵千古的名篇。

当然，在遭受贬谪之前，苏轼也有一段颇为自在的生活。在担任密州太守时，他写过一首《江城子·密州出猎》，记叙一次打猎的盛况：

> 老夫聊发少年狂，左牵黄，右擎苍，锦帽貂裘，千骑卷平冈。为报倾城随太守，亲射虎，看孙郎。　　酒酣胸胆尚开张，鬓微霜，又何妨？持节云中，何日遣冯唐？会挽雕弓如满月，西北望，射天狼。

苏轼对这首词非常满意，甚至在给友人写信时，还颇为得意地炫耀："我近来常填小词，虽然和柳七的风格不太一样，但也自成一家。之前出城打了一次猎，不仅满载而归，还写了这首词，让一群精壮小伙子伴着鼓角声唱出来，可壮观啦！"

不怪苏轼爱炫耀，这首融合了他亲身经历的词，确实写得音声慷慨、气象恢弘。而在他这首词之前，似乎还没有人把如此阳刚的气质融入词中，苏轼的初次尝试，便非同凡响。

苏轼写这首词时三十七岁（又是个年纪轻轻就自称"老夫"的），当时朝廷中新党与旧党的斗争正是激烈的时候，但我们这位自请外任的小苏同学，小日子倒是过得挺美的。

在密州的一个中秋节，苏轼与好友饮酒赏月，突然想念起远方多年未见的弟弟，于是乘兴挥毫，写下了古往今来最负盛名的一首中秋词——《水调歌头》：

> 明月几时有？把酒问青天。不知天上宫阙，今夕是何年？我欲乘风归去，又恐琼楼玉宇，高处不胜寒。起舞弄清影，何似在人间？　　转朱阁，低绮户，照无眠。不应有恨，何事长向别时圆？人有悲欢离合，月有阴晴圆缺，此事古难全。但愿人长久，千里共婵娟。

这首词的妙处人所共知，不必多言。却说有一个名叫袁绹（táo）的歌者，曾有幸参与过苏轼的宴会，在苏轼面前唱过《水调歌头》这首曲子。据袁绹说，他一边演唱，苏轼就一边伴舞，歌舞既罢，苏轼高兴地赞叹道："这就是神仙般的生活啊！"的确，文章人物，千载一时，很多会心妙处，千载之后的我们又能从何得知呢？

不过我们也得提醒提醒苏轼别光顾着美了，因为接下来，他就要面临自己人生中最大的一场危机——"乌台诗案"，并因此开始黄州的贬谪生活。

贬谪也要有好心情

关于"乌台诗案"的始末,我们就不具体讲了。简单来说,就是苏轼说话不谨慎,得罪了一群人,于是这群人就从苏轼的诗里挑毛病,诬陷苏轼讽刺时政、暗藏祸心,要置他于死地。

不过,也多亏了苏轼朋友多,连皇太后和时任宰相的王安石都出面为他求情,苏轼才得以逃过此劫。在度过了一百零三天的牢狱生活后,苏轼被贬到了黄州,也就是今天的湖北黄冈,担任一个有名无实的小官。

经过这么一番折腾,就算是一向心大的苏轼也被吓得够呛。他在黄州的生活颇为困顿,有段时间只能寓居在寺院里,有一首《卜算子》,反映的就是苏轼这一时期的心态变化:

> 缺月挂疏桐,漏断人初静。时见幽人独往来,缥缈孤鸿影。　　惊起却回头,有恨

无人省。拣尽寒枝不肯栖，寂寞沙洲冷。

这首词看上去是在写鸿雁，实际上笔笔都是在写苏轼自己，或者说，这只月夜里的孤鸿，就是苏轼的化身。他们同样寂寞而孤高，虽凄惶却不愿苟且，宁肯独来独往、暗自抱恨，也不愿流于世俗。如果说《江城子》的情感是旷达奔放的，那么这首《卜算子》的情感，无疑是含蓄内敛的。

据说，黄庭坚读到这首词后，激动地说："不是胸中藏有万卷诗书，笔下没有一点儿俗气的人，哪里能写出这样的好句子呢！"

然而苏轼毕竟是个开朗豁达的人，凄惶了没多少日子，就又变得逍遥自在起来，自己烹饪、酿酒，四处找朋友游玩，把苦日子也过得有滋有味。

在被贬黄州的第三年，苏轼写了一首《临江仙》，记叙自己某个深秋之夜的醉酒情形：

夜饮东坡醒复醉，归来仿佛三更。家童鼻息已雷鸣。敲门都不应，倚杖听江声。　　长恨此身非我有，何时忘却营营。夜阑风静縠（hú）纹平。小舟从此逝，江海寄余生。

这首词结尾的"小舟从此逝，江海寄余生"，表达了苏轼退避的心绪，不仅是对政治的退避，也是对社会、对人生的退避。这种退避的心情太过于强烈，以至于人们都风传苏轼写完这首词之后，便驾着小船乘风而去，不复归来了。

当时苏轼虽然在做官，但实际上仍是囚犯，要受到当地官员的监管。黄州太守徐君猷听人说苏轼驾船跑了，害怕得要命。结果急匆匆跑到苏轼住处一看，苏轼正在屋里打着呼噜，看来是喝酒喝多了，还没睡醒呢！

苏轼《卜算子》词意图（《诗余画谱》）

苏轼究竟感冒了吗?

在苏轼写下"小舟从此逝,江海寄余生"的那年春天,即元丰五年(1082年),他还写下了另外一首脍炙人口的名作《定风波》:

> 莫听穿林打叶声。何妨吟啸且徐行。竹杖芒鞋轻胜马。谁怕?一蓑烟雨任平生。 料峭春风吹酒醒。微冷。山头斜照却相迎。回首向来萧瑟处。归去。也无风雨也无晴。

在词前面,苏轼还写了条小序记述这首词的创作由来:"三月七日,沙湖道中遇雨。雨具先去,同行皆狼狈,余独不觉,已而遂晴,故作此词。"

大致意思就是说,去沙湖的路上遇到了大雨,又不巧没了雨具,同行的人都狼狈不堪,只有苏轼还怡然自得,"何妨吟啸且徐行""一蓑烟雨任平生"。

这首词坦荡自然，既表现出苏轼旷达的胸襟，也寄寓着他对人生的感悟，历来为人所称道。然而，有人把这首词和苏轼同一时期的一首《浣溪沙》放在一起一比较，却发现了一件神奇的事情。

这首《浣溪沙》作于元丰五年三月，在词的小序里面，苏轼写道："黄州东南三十里为沙湖，亦曰螺师店。予买田其间，因往相田得疾。"原来，苏轼上次去沙湖是买地的，地买没买到不知道，人却因此生病了。

有人因此说，你苏轼之前不是下雨不打伞，一路"吟啸且徐行"嘛，结果怎么样，是不是淋感冒了？

单看这两首词的小序，好像确实是这么回事，但是有人觉得这样的推论过于武断，便仔细翻了翻苏轼的其他作品，果然找到了其中的漏洞。

原来，根据苏轼写给陈季常的信中记载，苏轼此行沙湖，遇到了一位姓庞的医生，于是请他为自己看病。看的是什么病呢？是手臂肿痛。苏轼在庞医生家住了好几天，医生给他扎了扎针，苏轼的病就好得差不多了。

这件事苏轼在另一篇文章《单庞二医》里也提了一下,在这两处苏轼自己的记载里,可没说自己得感冒的事儿。

其实仔细想想也能想明白,苏轼虽然豪放任性,但也是很懂养生之道的,绝不可能淋雨把自己淋出病来。读书时善于发现问题是好事,但也要"大胆假设,小心求证",不能犯这种"想当然"的错误。

必背佳作

定风波①

莫听穿林打叶声。何妨吟啸②且徐行。竹杖芒鞋③轻胜马。谁怕?一蓑烟雨任平生④。　　料峭⑤春风吹酒醒。微冷。山头斜照⑥却相迎。回首向来萧瑟⑦处。归去。也无风雨也无晴⑧。

〔注释〕

①定风波:词牌名。②吟啸:高声吟唱,吟咏。③芒鞋:草鞋。④一蓑烟雨任平生:意指以烟雨为蓑,安然度过一生。词前小序云:"三月七日,沙湖道中遇雨。雨具先去,同行皆狼狈,余独不觉。"既然"雨具先去",这里的"蓑"应该不会是实指。⑤料峭:微寒的样子,亦形容风力寒冷、尖利。⑥斜照:即斜阳,日光偏西,故称斜照。⑦萧瑟:这里指风雨吹打树叶声。⑧也无风雨也无晴:既不担心风雨,也不希求放晴。此处表现的是一种随缘任性的态度。

〔翻译〕

不用在意那穿林打叶的雨声,为什么不放声吟唱、从容而行呢?竹杖和草鞋轻便得胜过骑马,有什么可怕的?哪怕一生风吹雨打,也可以把烟雨视为蓑衣,照样安之若素。

微寒的春风吹醒了我的酒意,正觉得微微有些冷,山头初晴后的斜阳却恰好相迎。回头看一眼方才风雨萧瑟的地方,信步归去,不管它是风雨还是放晴。

念奴娇 赤壁怀古①

大江②东去,浪淘③尽、千古风流人物。故垒④西边,人道是,三国周郎⑤赤壁。乱石穿空,惊涛拍岸,卷起千堆雪。江山如画,一时多少豪杰。　　遥想公瑾当年,小乔初嫁了⑥,雄姿英发⑦。羽扇纶巾⑧,谈笑间、樯橹⑨灰飞烟灭。故国神游⑩,多情应笑我,早生华发⑪。人生如梦⑫,一尊还酹江月⑬。

〔注释〕

①念奴娇：词牌名，又名《百字令》。因苏轼这首词中有"一尊还酹江月"句，又名《酹江月》。赤壁：此处指黄州赤壁，一名"赤鼻矶"，在今湖北黄冈西。而三国时期的赤壁古战场，一般认为在今湖北赤壁市蒲圻县西北。②大江：指长江。③淘：冲洗，冲刷。④故垒：留存下来的营垒。⑤周郎：三国时期吴国名将周瑜，字公瑾，少年得志，又姿容秀美，掌管东吴重兵，吴中皆呼为"周郎"。⑥小乔初嫁了（liǎo）：《三国志·吴志·周瑜传》载，周瑜跟从孙策攻皖，"得桥公两女，皆国色也。策自纳大桥，瑜纳小桥。"乔，本作"桥"。周瑜娶小乔，当在赤壁之战十年前，此处说"初嫁"，是称其少年得意、倜傥风流。⑦雄姿英发（fā）：体貌不凡，言谈卓越。英发，形容谈吐见识卓越。⑧羽扇纶（guān）巾：古代儒将的打扮。羽扇，羽毛制成的扇子。纶巾，青丝制成的头巾。⑨樯橹（qiánglǔ）：代指曹军的战船。樯，挂帆的桅杆。橹，一种摇船的桨。又作"强虏"，指强大之敌，虏是对敌人的蔑称。又作"樯虏""狂虏"。⑩故国神游：即"神游故国"，于想象、梦境中游历故地。故国，这里指旧地，即当年的赤壁战场。⑪多情应笑我，早生华发（fà）：即"应笑我多情，早生华发"。华发：花白的头发。⑫人生如梦：亦作"人间如梦"。⑬一尊还酹（lèi）江月：把一杯酒浇在地上以祭奠江月。尊，通"樽"，酒杯。酹，把酒倒在地上，表示祭奠或立誓。

〔翻译〕

长江之水滚滚东流而去，滔滔浪花淘尽了古往今来的英雄人物。留存下来的旧营垒西边，人们说那就是三国时周郎大破曹兵的赤壁。岸边乱石林立，像要刺破天空，惊人的波涛拍击着江岸，卷起的浪花好似一堆堆白雪。江山雄壮奇丽如画，一时间涌现出多少英雄豪杰。

遥想当年，小乔刚刚嫁给周瑜，他少年得意，体貌不凡，言谈卓绝。手摇羽扇头戴纶巾，谈笑之间，就把强敌的战船烧得灰飞烟灭。如今我身临战场故地，神游往昔，可笑我竟有如此多的怀古之情，竟让我未老先衰、鬓发斑白。人生如梦似幻，姑且洒一杯酒，借祭奠江上的明月来寄托我的思绪。

苏轼《念奴娇》词意图（《诗余画谱》）

秦观

山抹微云学士

用一句词起外号

苏轼才名冠绝天下，其门下也是能人层出。其中，以黄庭坚、秦观、晁补之、张耒四人最为著名，合称为"苏门四学士"。苏轼极为欣赏和重视这四个人，到处加以宣传，四个人也很快名满天下。

而在这四个人当中，就数秦观最擅长填词，他词风温婉，与柳永接近，因此后人常常把两人并提。但最早把两人放在一起比较的，其实还是苏轼，他写了一副对联："山抹微云秦学士，露花倒影柳屯田。"戏谑地概括了两人的风格。

古人不仅有以排行相称的习惯，也有以官职相称的习惯，柳永曾担任屯田员外郎，因此世称"柳屯田"，而前半句的"秦学士"，自然就是秦观了。至于这

两个人前面的前缀"山抹微云"和"露花倒影",则分别是秦观《满庭芳》的首句和柳永《破阵子》的首句。

秦观的这首《满庭芳》,历来评价颇高,全词如下:

> 山抹微云,天连衰草,画角声断谯门。暂停征棹,聊共引离尊。多少蓬莱旧事,空回首、烟霭纷纷。斜阳外,寒鸦万点,流水绕孤村。　　消魂当此际,香囊暗解,罗带轻分。谩赢得青楼薄幸名存。此去何时见也?襟袖上、空惹啼痕。伤情处,高城望断,灯火已黄昏。

这首词虽属艳词,却能融入自己情绪中的伤感与迷茫,凭借凄婉的情境打动人心。描摹景色也是恰到好处,不仅开头一句被苏轼称道,后面的"斜阳外,寒鸦数点,流水绕孤村",更是被后人评价为天生的好言语。

此词一出,当即红遍大江南北,而秦观"山抹微云学士"的名头,自然也为人所津津乐道了。

直到若干年后,秦观的女婿范温参加宴会,席间的歌女仍在唱着秦观的这首词。歌女不知道范温的身份,对他有些爱答不理的,范温也并不放在心上。直到宴席近半,歌女终于忍不住问起范温的身份,他这才幽默地回答说:"我是'山抹微云'的女婿啊。"

雅与俗的争论

词本来是流行于民间的通俗歌词,但经过文人士大夫的几番加工,逐渐就有了"雅"的取向。像晏殊那些雍容典雅的词就被称为"雅词",而柳永那些纤丽俚俗的词,就被称为"艳词",言下之意,不如前者那么高雅。

究竟什么样的词才称得上是雅词呢?苏门四学士中的另一人黄庭坚给出了答案。他说,只有采用写诗句法填的词,才算得上是雅词。

苏东坡固然也很欣赏柳永的词,但他评价最高的,还是像"渐霜风凄紧,关河冷落,残照当楼"这种颇有唐人诗句气度的句子。而他对于其他句子的态度,下面的这个小故事或可反映一二。

有一次,秦观从外地回来,专程拜访苏轼。两人一见面,苏轼就一脸"恨铁不成钢"的表情叹息道:"少游啊(秦观字少游),没想到一别之后,你填词竟然学起柳七来了!"

秦观听了苏轼这句话，那可真是比骂自己还难受，连忙辩白说："我虽然才疏学浅，但也不至于这样。"苏轼继续追问："你写的'销魂当此际'，不就学的柳七的句子吗？"这下，秦观可无言以对了。

眼见秦观心中有些不服，苏轼便问他最近写了什么新作。这下可搔着了秦观痒处，他连忙举出了自己的得意之作："小楼连苑横空，下窥绣毂雕鞍骤。"满以为这次该得到称赞了，谁知苏轼读过之后，只是淡淡地说："你用了十三个字，却只写了一个人骑马楼前过。"

雅词要求语句凝练，苏轼此语，意在批评秦观的词过于啰唆。可想而知，听到这句话的秦观，一定是羞得满脸通红了。

不过我们还是得为柳永和秦观叫屈，因为雅与俗只是风格的问题，并不能完全代表作品水平的高低。秦观还有一首《行香子》，尽管无论如何都算不上雅词，却也是不可多得的佳作：

树绕村庄,水满陂塘。倚东风、豪兴徜徉。小园几许,收尽春光。有桃花红,李花白,菜花黄。　　远远围墙,隐隐茅堂。飏青旗、流水桥旁。偶然乘兴、步过东冈。正莺儿啼,燕儿舞,蝶儿忙。

《行香子》这个词牌多为三四字的短句,节奏本来就比较明快,经秦观的妙笔点染,更是显得清新欢畅、春意盎然。上下阕结尾的三个三字排偶句,相互对称、映照,就如同词人轻快的脚步一样充满节奏。吟咏之际,读者的情绪也不由被调动起来。

由此看来,词写得雅与俗并不重要,只要写得好,自然就能赢得读者。

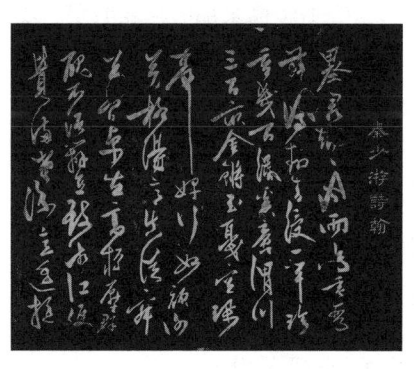

秦观手书诗简

多情人写多情词

在民间传说里,苏轼有一个颇有才情的妹妹苏小妹,看中了有才的帅小伙秦观。后来,两人喜结良缘,还演绎出许多有趣的故事。

故事虽然美妙,却是后人虚构的,因为秦观的妻子不姓苏,而苏轼也没有这么一个冰雪聪明的妹妹。人们喜欢大才子苏轼,也喜欢同样文采风流的秦少游,于是便虚构出了这些故事,让两人"亲上加亲"。

但无可否认的是,尽管不像柳永那般拈花惹草,秦观也是个非常浪漫的人,有《鹊桥仙》为证:

> 纤云弄巧,飞星传恨,银汉迢迢暗度。金风玉露一相逢,便胜却人间无数。　　柔情似水,佳期如梦,忍顾鹊桥归路。两情若是久长时,又岂在朝朝暮暮!

牛郎织女的故事流传甚广，相关题材的文学作品更是数不胜数。文学家们借这一传说表现人世间的种种悲欢离合，总的来说，情绪都比较哀婉、凄楚，唯独秦观的这首《鹊桥仙》别出心裁，能够另开辟出一种境界。

词的一开头便构想不凡，仿佛天上的星云都含情脉脉，只是为了促成有情人的这次相会。金风玉露之夜，银河迢迢之畔，不过片刻的相会，就胜过了人世间的千千万万遍，这是一种多么珍贵圣洁的爱情！

然而佳期总如梦幻，转瞬便是分离，那份依恋和不舍，尽化作了鹊桥边的一次次回首。可是这又怎么样呢！在情绪烘托至极时，秦观终于高唱出了自己的爱情观："两情若是久长时，又岂在朝朝暮暮！"仅此两句，便足以醒人心目，立意之高远，远远超过了同类作品。

后人评价这首词，认为古往今来写七夕的作品中，没有哪一首能与之媲美的，因为秦观在词中融入了自己的本色。大概在他们的想象中，秦观也是这么一个风流倜傥、多情浪漫的翩翩公子吧！

满庭芳①

山抹微云,天连②衰草,画角③声断谯门④。暂停征棹,聊共引离尊⑤。多少蓬莱旧事⑥,空回首、烟霭纷纷。斜阳外,寒鸦万点,流水绕孤村。　　消魂⑦当此际,香囊暗解,罗带轻分⑧。谩赢得青楼薄幸名存⑨。此去何时见也?襟袖上、空惹啼痕⑩。伤情处,高城望断,灯火已黄昏。

〔注释〕

①满庭芳:词牌名。②连:一作"黏"。③画角:即军中所用号角,因表面有彩绘,故名。④谯门:建有瞭望楼的城门。⑤聊共引离尊:指在离别时共举酒杯。引,举起。⑥蓬莱旧事:一般指男女爱情的往事。蓬莱,传说中的仙境。⑦消魂:

形容因极度悲愁、欢乐、恐惧而心神恍惚的样子。⑧香囊、罗带：古人常作定情之用的物件。香囊，即香荷包，繁钦《定情》："何以致叩叩，香囊系肘后。"罗带，即丝带，林逋《长相思》："君泪盈，妾泪盈，罗带同心结未成，江水潮已平。"⑨谩赢得青楼薄幸名存：杜牧《遣怀》："赢得青楼薄幸名。"谩，徒然。薄幸，薄情。⑩啼痕：泪痕。

〔翻译〕

远山涂抹着一缕淡淡的云，大片衰草连天，无穷无际。城头谯楼上的画角吹了一阵后，已不再响起。我暂且停下即将远行的船只，与你一同举起酒杯，聊以话别。有多少如临仙境般的美妙往事啊，我徒然地回想着，竟觉得它们像烟霭一样一片迷茫。夕阳余晖之外的远处，万点寒鸦点缀着天空，一湾流水环绕着孤零零的村庄。

真叫人丧魂落魄啊，在这难舍难分的时刻，暗地取下佩在身上的香袋，轻轻解开打着同心结的罗带，彼此相赠。就这样，我只不过赢得了青楼中薄情的名声罢了。此一去，不知何时重逢？离别的泪水沾湿了衣襟与袖口。当我情伤意乱、再次竭力回望时，高城阻断了视线，只能看到闪烁着的昏黄灯火。

宋词里藏着故事

行香子①

树绕村庄，水满陂塘②。倚东风、豪兴徜徉。小园几许，收尽春光。有桃花红，李花白，菜花黄。　　远远围墙，隐隐茅堂。飏③青旗、流水桥旁。偶然乘兴、步过东冈。正莺儿啼，燕儿舞，蝶儿忙。

〔注释〕

①行香子：词牌名。行香即佛教所谓的行道烧香，调名本意即以小曲的形式歌咏拜佛仪式中的绕行上香。②陂塘：狭窄的池塘。③飏（yáng）：飞扬，飘扬。

〔翻译〕

树木环绕着村庄，春水溢满了池塘，借着暖暖春风，饶有兴致地漫步徜徉。如此小的园子却收尽春光，园内有桃花正红、李花雪白、菜花金黄。

向着围墙远远眺望，隐约几间茅草房。青色的旗子飞扬在小桥流水旁。偶然乘着游兴，走过东面的山冈。正看到莺儿啼叫、燕儿飞舞、蝶儿匆忙。

贺 铸

贺鬼头唱《六州》

"贺鬼头"还是"贺梅子"

不独《水浒传》里的绿林好汉们有诨名绰号,文人们也有自己的外号。比如宋初词人宋祁,因为"红杏枝头春意闹"一句被称为"红杏尚书",而另一位词人张先,也因为三首写"影"写得绝妙的词,得了个"张三影"的雅号。

和这两位前辈比起来,贺铸的外号"贺鬼头",不仅听上去怪吓人的,其由来也没那么光彩。原来,此人相貌奇丑,脸色青黑,眉宇之间更是透着一股杀气,人们嘲笑他的长相,就给他起了这么一个外号。

当然,贺铸本人肯定对这个外号不满意,谁愿意一辈子被人嘲笑长得丑呢?为了给别人留下好印象,贺铸所想到最好的办法,就是拼命填词。

付出终有回报,填了一辈子词的贺铸,到晚年时终于因为一首《青玉案》摘掉了"贺鬼头"的帽子,这首词是这样的:

> 凌波不过横塘路,但目送、芳尘去。锦瑟华年谁与度?月台花榭,琐窗朱户,只有春知处。　　碧云冉冉蘅(héng)皋(gāo)暮,彩笔新题断肠句。试问闲愁都几许?一川烟草,满城风絮,梅子黄时雨。

这首词写春暮夏初时的景象,不仅写景生动,下阕结尾处一连串对"闲愁"的比喻更是精妙无比。愁的情绪人人都有,但这种情绪通常难以捕捉、不易言说,贺铸竟能连作三个如此优美的比喻,令人耳目一新。

三个比喻中,尤其以最后一个"梅子黄时雨"最为贴切。江南一带每到初夏梅子成熟之际,都会有连绵不断的小雨,俗称"梅雨"。人们的闲愁,不就正像这梅雨一样绵长而不绝,无端地惹人烦忧吗?

这首词太过著名了,从此之后,贺铸便多了一个雅号"贺梅子",而从前不好听的"贺鬼头",就很少有人叫了。

俗话说人不可貌相,长相不那么好看的贺铸,写起词来却是如此优美动人。连黄庭坚都忍不住写诗称赞道:"解道江南断肠句,只今惟有贺方回。"这下,贺铸终于可以扬眉吐气了。

狂放词背后的悲哀

有着这么一张刚硬面孔的贺铸,在性格上也是十分粗放豪爽,颇有些豪侠剑客的习气。据说,他少年时侠气冲天,喝起酒来如同鲸吸牛饮,但与此同时,又博闻强记,读书十分认真,人们都分不清他究竟是个洒脱的剑客,还是个贫苦的书生了。

据叶梦得《贺铸传》中记载,贺铸喜欢谈论天下大事,没事就爱吹吹牛、发发牢骚,而且常常当面指摘别人的毛病,搞得对方下不来台。贺铸自己也说"少有狂疾",还曾得意扬扬地自号"北宗狂客"。

贺铸有一个同事,就曾被他的这股狂劲整得够呛。这个同事家世显赫,平日张狂惯了,有些瞧不起贺铸,常常故意和他为难。有一天下班后,贺铸就把这个同事堵在办公室里,一边数落他平时的不法行为,一边结结实实揍了他一顿。从此之后,这个同事见了贺铸就躲得远远的,再也不敢触他的霉头了。

不过贺铸也确实有狂的资本,那就是他的出身。他是当朝开国皇帝宋太祖皇后的族孙,不仅世代衣冠,娶妻也娶的宗室之女。有这么一层关系,又有谁敢找他的麻烦?

贺铸常说,自己祖上是唐代大诗人贺知章,因为贺知章家住庆湖(又叫镜湖、鉴湖),还自号为"庆湖遗老"。当然,考虑到贺铸爱吹牛的性格,这个祖先的真实性怕是要打个折扣。

总而言之,贺铸性格的主体就是狂放,他有一首《六州歌头》,写得那叫一个淋漓痛快:

少年侠气,交结五都雄。肝胆洞,毛发耸。立谈中,死生同。一诺千金重。推翘勇,矜豪纵。轻盖拥,联飞鞚(kòng),斗城东。轰饮酒垆,春色浮寒瓮,吸海垂虹。闲呼鹰嗾(sǒu)犬,白羽摘雕弓,狡穴俄空。乐匆匆。　似黄粱梦,辞丹凤;明月共,漾孤蓬。官冗从,怀倥(kǒng)偬(zǒng);落尘笼，簿书丛。鹖（hé）弁（biàn）如云众，供粗用，忽奇功。笳（jiā）鼓动，渔阳弄，思悲翁。不请长缨，系取天骄种，剑吼西风。恨登山临水，手寄七弦桐，目送归鸿。

频繁顿挫短句，极具爆破感的密集韵脚，似乎每个字都带着风声，一个气度非凡的豪侠形象跃然纸上。这种形象在唐诗中屡见不鲜，但在宋词中却是少有的。这雄健的笔力、飞扬的神采，读来不禁让人击节赞叹。

然而细细品味此词，在狂放的豪侠气之外，我们还能读到贺铸的悲哀。彼时的北宋内忧外患相交织，边境上的强敌虎视眈眈，但统治者却重文抑武、埋没人才，连我们熟知的大英雄狄青都毫无用武之地，又何况贺铸所写的这些侠士！

昔日交结的豪侠之士，在一年年难挨的等待中，早已把锐气消磨殆尽。虽然心怀愤慨，但又有什么用呢？于是，只有像贺铸所写的那样，恨恨地登山临水，把心事寄于琴弦、付于飞鸿了!

晚年的贺铸隐居于苏州,每日以读书为事,但在他的心中,想必也一定有很多不平吧。否则,又怎么会在《青玉案》中,写下那么深切动人的"闲愁"呢。

然而我们不得不说,贺铸还算是幸运的,他去世于1125年,没有见到山河破碎、风雨飘摇的样子——仅仅两年之后,北宋王朝就在金人的铁蹄之下覆灭了。

哀婉凄绝的"半死桐"

谈论宋代词人时,常常有人喜欢把他们分出派别来,什么苏轼、辛弃疾豪放,柳永、秦观婉约。的确,不同词人有不同的写作风格,但这并不代表他们的词风就是固定统一的。事实上,苏轼、辛弃疾也写过不少温婉之作,柳永、秦观也并非写不出气象宏大的句子。

而在贺铸身上,这种风格的多变性显得尤为突出。他固然有不可磨灭的英雄豪气,也不乏温柔细密的儿女柔情。他有一首悼念亡妻的《鹧鸪天》,就写得非常哀婉凄绝:

> 重过阊门万事非。同来何事不同归。梧桐半死清霜后,头白鸳鸯失伴飞。　　原上草,露初晞。旧栖新垅两依依。空床卧听南窗雨,谁复挑灯夜补衣。

贺铸的妻子赵氏虽然是宗室之后,却一不嫌他穷、二不嫌他丑,与贺铸同甘共苦多年,两人情谊甚笃。赵氏去世后,贺铸重访两人一起到过的地方,不禁触景生情,便写下了这首词寄托哀思。

古代的词牌多有别名,而《鹧鸪天》的其中一个别名,就是"半死桐",取自"梧桐半死清霜后"这一句。其实,"半死桐"此典早有来历,汉人枚乘在《七发》中写:"龙门有桐,其根半死半生,以之为琴,声为天下至悲。"贺铸此语,也是在抒发自己丧偶后的至悲之情吧!

其实,相比于贺铸其他婉丽的词作,这首词所用的字眼可以称得上是平淡如水,回忆起妻子的深情,也不过"挑灯夜补衣"这一个画面。但就是在这样平淡的倾诉中,自有一段物是人非、阴阳两隔的撕心裂肺。

后人极为推崇这首词,常常把它和苏轼的《江城子·十年生死两茫茫》并提,合称为宋人悼亡词"双璧"。大家也不妨比较比较,哪首词更加感人呢?

鹧鸪天①

重过阊②门万事非。同来何事③不同归。梧桐半死清霜后④,头白鸳鸯失伴飞。　原上草,露初晞⑤。旧栖新垅⑥两依依。空床卧听南窗雨,谁复挑灯夜补衣。

〔注释〕

①鹧鸪天:因这首词中有"梧桐半死清霜后"句,又称《半死桐》。②阊(chāng)门:苏州城西门,常以此代指苏州。③何事:为什么。④梧桐半死:这里用来比拟丧偶之痛。清霜后:指秋天过后,借指年老。⑤原上草,露初晞(xī):形容人生短促,如草上露水易干。语出古挽歌《薤(xiè)露》:"薤上露,何易晞。露晞明朝更复落,人死一去何时归。"晞,干燥。⑥旧栖:旧居,指生者所居。新垅:新坟,指死者所葬。

〔翻译〕

　　再次来到苏州早已物是人非。往昔与我同来的妻子,今番为什么不能与我同归呢?丧偶之后,我如同经历秋霜的梧桐半死半生,又像失伴的白头鸳鸯茕茕孤飞。

　　原野里绿草上的露珠多么容易被晒干啊,就像人生一样短促。我流连于同住的旧居,又徘徊于垄头的新坟。独自躺在空荡荡的床上,听着窗外的凄风苦雨。唉,从前那个在深夜为我挑灯缝补衣衫的人,再也不会回来了。

周邦彦

大宋宣和时代的少年游

敢写皇帝的风流事

宣和是宋徽宗的最后一个年号，小说《水浒传》里的诸多好汉们，就活跃于宣和年间。这一时期，各地民变四起、怪事频频，北方的金国也厉兵秣马、枕戈待战。在巨大的危机面前，北宋王朝的统治者们，却仍在尽情享受着空前的繁华和富足。

著名的艺术家皇帝宋徽宗在忙些什么呢？很抱歉，不是什么国家大事。他在忙着写诗作画玩音乐练书法，在忙着用各地运来的花石装点园林，在忙着和京城的名妓李师师打情骂俏。

在《水浒传》中，宋江等人想得到朝廷招安，靠的就是通过李师师向徽宗皇帝吹枕头风。据说，徽宗极为喜爱李师师，为了方便和她相会，还专门从皇宫挖了条地道通向李师师的住处。

当时的著名词人周邦彦也与李师师打得火热，不过他可不敢与皇帝正面相争，总是趁徽宗有事的时候偷偷与李师师相会。

这天，周邦彦听说徽宗生病了，便高高兴兴地跑来找李师师，谁知道屁股还没坐热，一个侍女就急匆匆地赶来报信，说皇帝已经快要进门了。周邦彦避无可避，情急之下，只好躲到了李师师的床下。

耳听得宋徽宗与李师师你侬我侬，又是用刀切橙子，又是对坐聊音乐，周邦彦在床底下那可真是难受得有苦说不出。直到城上响起了三更的鼓点，李师师还在殷勤地挽留皇帝："外头路那么难走，不如今晚就别走了。"

好不容易等皇帝走了，周邦彦这才颤颤巍巍地从床下爬了出来。他来不及活动身体，就吩咐侍女取来纸笔，根据刚才的经历写下了一首《少年游》：

并刀如水，吴盐胜雪，纤指破新橙。锦幄初温，兽香不断，相对坐调笙。　　低声问：向谁行宿？城上已三更。马滑霜浓，不如休去，直是少人行！

寥寥数笔，便写出了一对有情人在闺阁中的生动情态，秀丽之极，清新之极，也婉约之极。李师师听到这首词自然非常喜欢，很快便背了下来。

过了几天，徽宗又来找李师师，两人谈笑之际，李师师就忍不住把这首《少年游》唱了出来。徽宗何等聪明，一听就知道那天晚上还有第三个人在场，不禁勃然大怒，逼问出了这首词作者的名字。

醋意大发的徽宗皇帝自然不会轻易放过周邦彦，他找来时任宰相的蔡京，随口说了几句不是，就把周邦彦贬出了京城。

过了几天，徽宗又去找李师师，却得知她去为周邦彦送行了。等李师师回来，徽宗便幸灾乐祸地问："听说周邦彦善于填词，那临别之际，他可有写过什么？"李师师点点头，双手奉上一杯酒，便开口唱了周邦彦的这首《兰陵王·柳阴直》：

柳阴直,烟里丝丝弄碧。隋堤上、曾见几番,拂水飘绵送行色。登临望故国,谁识京华倦客?长亭路,年去岁来,应折柔条过千尺。　　闲寻旧踪迹,又酒趁哀弦,灯照离席。梨花榆火催寒食。愁一箭风快,半篙波暖,回头迢递便数驿,望人在天北。　　凄恻,恨堆积!渐别浦萦回,津堠(hòu)岑寂,斜阳冉冉春无极。念月榭携手,露桥闻笛。沉思前事,似梦里,泪暗滴。

徽宗皇帝一听这首萦回曲折的慢词,顿时起了爱才之念,不仅不再计较之前的事,还把周邦彦召了回来,担任负责宫廷雅乐的乐官。

这一大段故事虽然讲得热闹,但据后人考证,很有可能是编出来的。因为到宣和年间时,周邦彦已经是个六十多岁的老头子了,而这首《少年游》所描写的,显然是属于他的少年时代。

词中藏着音律美

宋代的词都可以配乐演唱,每个词牌对应一个曲调,因此一个好的词人,往往同时也是优秀的歌手。而像柳永、周邦彦、姜夔这样的精通音律的"大咖",甚至还能自创词牌、另觅新声。

周邦彦写的词,虽然在意思上比起前代词人差了些,却胜在音律、句法和章法,建立起了一套严整的艺术规范。因此有人说周邦彦是宋词的"集大成者",王国维拿唐代诗人作比喻,更是盛赞其为"词中老杜"。

老杜就是杜甫,尽管他的风格与周邦彦不太搭边,但两人在一点上是相似的,那就是注重音律和炼字。炼字还好理解一些,但在音律上,由于今古读音的变化,今天的我们已经很难把握了,只能从一些尚有留存的痕迹上管中窥豹。

比如杜甫咏樱桃的名句:"数回细写仍愁破,万颗匀圆讶许同。"细写,是说慢慢取樱桃的动作,发音时用舌尖轻轻摩擦,就和诗中的动作一样轻微;匀圆,是说樱桃圆润饱满的形态,发音时嘴唇也是撮得圆圆的,可不就和樱桃一样!

而周邦彦有一首讲述仙人爱情故事的《玉楼春》,词中这么写道:

> 桃溪不作从容住,秋藕绝来无续处。当时相候赤阑桥,今日独寻黄叶路。　　烟中列岫(xiù)青无数,雁背夕阳红欲暮。人如风后入江云,情似雨余粘地絮。

宋·张择端《清明上河图》(局部)

我们且不说词中生动的描写和比喻，单看最后一句"情似雨余粘地絮"，轻轻地把它读出来，你就能体会出其中的妙处。这七个字，发音时只是在唇、舌、齿之间摩擦，显得细微而琐碎，读词时的感觉，不正像词中所写那么缠绵、胶着吗？

词失其曲之后，词牌表面上看似乎没有意义了，但实际上，那些经古人无数次吟咏才奠定的一平一仄、一顿一挫，自有其独到的美感。所以我们读词，不能仅仅停留于看，而是要读出来，并且反复咀嚼。这样，才不会错过那份潜藏的美。

更无一字不清真

周邦彦出生于杭州,却长期在北方做官,日子久了,就不免害些思乡病,他有一首生动有趣的《苏幕遮》,写的就是梦中的江南水乡:

> 燎沉香,消溽暑。鸟雀呼晴,侵晓窥檐语。叶上初阳干宿雨,水面清圆,一一风荷举。　　故乡遥,何日去?家住吴门,久作长安旅。五月渔郎相忆否?小楫轻舟,梦入芙蓉浦。

这首词,就深得炼字之妙。上阕开头写静,到"鸟雀呼晴",则静中有动,一个"呼"字,暗示雨霁初晴,而鸟雀仿佛多情,要告诉人们一般,无比生动。而"水面清圆,一一风荷举"一句,更是充满动态,一个"举"字,荷花的亭亭玉立之态,也跃然纸上。

到下阕,则抒发思乡之切,周邦彦不直说自己思念故乡，却设想故乡的渔郎思念自己，主客之间换了个位置，这份情感却愈加显得真切。结尾以虚构的梦境作结，更显得变幻莫测、韵味无穷。

王国维极为欣赏这首词，尤其是"水面清圆，一一风荷举"一句，认为简直写出了荷花的神韵。而周邦彦的整首词也像李白诗句中所写的那样，"清水出芙蓉，天然去雕饰"，境界淡远，风致绝佳。

辛弃疾在家闲居时，喜欢读陶渊明的诗，写词称赞道："更无一字不清真。"其实，用这句词来形容周邦彦也正好合适。周邦彦自号清真居士，这"清真"二字，恰可概括他的词风。不少人都说，只有他的词既淡远又浑厚，音节也悠远和谐，最能代表词的本色。

从南宋到元初，周邦彦的词是当时歌者们最喜欢的经典"金曲"。据南宋末年的词人张炎说，一直到了那时候，还有人反复歌咏周邦彦写的词呢。

必背佳作

苏幕遮①

燎②沉香③,消溽暑④。鸟雀呼晴⑤,侵晓⑥窥檐语。叶上初阳干宿雨⑦,水面清圆⑧,一一风荷举⑨。　　故乡遥,何日去?家住吴门⑩,久作长安⑪旅。五月渔郎相忆否?小楫轻舟,梦入芙蓉浦⑫。

〔注释〕

①苏幕遮:词牌名。幕,一作"莫"或"摩"。这个曲调源于龟兹乐,本为唐玄宗时教坊曲,后用作词调。②燎:烧。③沉香:一种名贵香料,置于水中则下沉,故又名沉水香,其味可辟恶气。④溽(rù)暑:潮湿的暑气。⑤呼晴:呼唤新晴。古时有鸟鸣可预占晴雨之说。⑥侵晓:快要破晓的时候。侵,渐近。⑦宿雨:昨夜的雨。⑧清圆:清润圆正。⑨一一风荷举:荷叶迎着晨风,每一片都挺出水面。⑩吴门:古吴县亦称吴门,即今天的江苏苏州,此处泛指江南一带。作者周邦彦是钱

塘（今浙江杭州）人。⑪长安：原指今陕西西安，因曾为十三朝古都，故每以之借指京都。词中借指的是北宋都城汴京，今河南开封。⑫芙蓉浦：长满荷花的水塘。词中指杭州西湖。芙蓉，又叫"芙蕖"，荷花的别称。

〔翻译〕

　　点燃沉香，用以消除夏天潮湿的暑气。鸟儿鸣叫着呼唤晴天，快要破晓时，似乎在屋檐下窃窃私语。暖阳初照，晒干了荷叶上昨夜的积雨，水面的荷花清润圆正，迎着晨风，每一片都亭亭地挺出水面。

　　回想起那遥远的故乡，什么时候才能回去啊？我家本在江南一带，却长久地客居在都城。又到了五月初夏，不知家乡的朋友是否也在想念我？在梦中，我划着一叶轻舟，驶入了西湖那无边无际的荷花塘中。

李清照
人比黄花瘦

优雅的少女时代

接下来,请大家屏息凝神,我们即将为大家介绍一位中国历史上最著名的女词人(没有之一),她就是李清照。当然,除了这个头衔,她还有一个更霸气的称号——千古第一才女。

而关于李清照的词作,我们也一定不会感到陌生,古装剧《知否知否,应是绿肥红瘦》题目用的就是李清照《如梦令》里的句子:

> 昨夜雨疏风骤,浓睡不消残酒。试问卷帘人,却道海棠依旧。知否,知否?应是绿肥红瘦。

李清照出生于官宦世家,从小生活的环境也相当优雅,在她还是个少女的时候,就已经展现出了过人的才情。这首《如梦令》,就是她十六岁那年的作品,化用了唐代诗人韩偓（wò）《懒起》一诗的后四句：

昨夜三更雨，今朝一阵寒。
海棠花在否，侧卧卷帘看。

尽管是化用，但这首小词却显得委婉活泼、凝练有趣，因为它生动地描写了一个非常生活化的对话场景。问者情多，答者意淡，清新淡雅的笔触，却写出了无比秾（nóng）丽艳冶的情感。

就像这首词所写的那样，李清照的少女时代过得无比优雅闲适。她从容游冶，纵情赏玩，度过了一段如梦似幻的生活。

而她另一首名传千古的《如梦令》，回忆的也是少女时代的一次出游：

常记溪亭日暮，沉醉不知归路。兴尽晚回舟，误入藕花深处。争渡，争渡，惊起一滩鸥鹭。

这首词的语言同样凝练，选取了出游中的几个片段进行生动勾勒，以溪亭沉醉始，急切返程之际误入藕花丛中，最后惊起鸥鹭，不断变化的风景和悠闲愉快的心情完美融合，极具动态感。少女时代这么美好的瞬间，就此永恒地保留在了三十三字的小词之中。

如此有才情的女子，自然不会嫁到寻常人家去。十八岁那年，李清照与太学生赵明诚结婚了，两人志趣相投，情意自然日笃，端的是一对璧人。

在《金石录后序》中，李清照记叙了夫妻生活中最美好的点点滴滴。赵、李两家虽然都是高官，但素来贫寒节俭，因此夫妻两人虽然喜欢金石拓片和古玩字画，却常常苦于无钱购买，有时甚至要典当东西。

但也正因如此，每每有了什么新的收获，夫妻两人就能对着这件小玩意把玩许久。有一次，有人出售一幅价值非凡的名画，要价二十万钱，夫妻俩虽然想买，但无奈凑不出这么一大笔钱，闷闷不乐了好些天。

即使是在李清照的父亲被贬官，夫妻二人回青州老家闲居期间，两人的生活依然过得有滋有味。李清照和赵明诚都是"学霸"，平时玩笑取乐的方式也不同凡响。他们会在桌子上堆一大堆书，然后回忆某个典故出自某本书第几页第几行，以猜对与否决定喝茶的顺序，有时玩得开心，甚至连茶都弄洒了。

清代大词人纳兰容若在一首《浣溪沙》中写道："被酒莫惊春睡重，赌书消得泼茶香。当时只道是寻常。"回忆的也是自己与妻子过往的生活。而"赌书泼茶"这样有趣的玩法，最早就出自李清照这里。

夫妻唱和成佳话

当然,在夫妻二人琴瑟和鸣的生活中,也不免会有些令人寂寞的小小别离。比如这首《一剪梅》,有人说其中所记载的,就是夫妻俩新婚不久后的一次别离:

> 红藕香残玉簟秋,轻解罗裳,独上兰舟。云中谁寄锦书来?雁字回时,月满西楼。　　花自飘零水自流,一种相思,两处闲愁。此情无计可消除,才下眉头,却上心头。

《一剪梅》这个词牌我们今天听上去似乎很美,在当时却是俗调,不太容易填好,但李清照这首词,却写得美到了极致。我们单看她所用的字眼,就一个比一个美,一个比一个富有韵味。全词最后一句脱胎于范仲淹《御街行》中的"都来此事,眉间心上,无计相回避",却能够别出心裁地呈现出新貌,历来都是为人所称道的名句。

值得一提的是，李清照在填词时，把这个词牌内部的韵律节奏也拿捏得十分到位。全词都是七字一出，然后两个四字句相叠，很容易写得呆板，但李清照却能给四字句赋予层次感，仿佛舞步一般一俳一徊，就变得低回婉转、顾盼生姿了。

如果说上面这首词是否写于别离之时还有待商榷，那么下面这首《醉花阴》，可确凿无疑地就是别离后的思念之作：

> 薄雾浓云愁永昼，瑞脑消金兽。佳节又重阳，玉枕纱厨，半夜凉初透。　　东篱把酒黄昏后，有暗香盈袖。莫道不销魂，帘卷西风，人比黄花瘦。

这首词写于一个重阳节，表达的自然是独居的孤寂。言下之意，李清照太过思念远方的丈夫了，一日不见，就如隔三秋。

李清照把这首词寄给了赵明诚,后者在读词后的感动之余,内心竟然起了竞争的想法。大概是出于一种"我要证明我比你想我还要更想你"的情感,赵明诚闭门谢客、废寝忘食长达三天,竟一连填了五十首词!

可是,当他把李清照的这首词和自己的五十首词放在一起拿给朋友鉴赏的时候,尴尬的一幕却发生了。朋友品味再三,说其中只有三句写得绝妙。赵明诚连忙问是哪三句,却听得朋友念道:"莫道不销魂,帘卷西风,人比黄花瘦。"

合着自己辛辛苦苦填了五十首词,还不如妻子随手写的几句!赵明诚这下受的打击可着实不小。我们今天再看,赵明诚的五十首词一句都没传下来,李清照的《醉花阴》却传唱千古,尤其"人比黄花瘦"一句,简直成了她本人的写照。

半生阳光半生冷

有人说,李清照的人生是"半生阳光半生冷",前半生阳光明媚,后半生却凄凉难耐,这一切的转折点,就是"靖康之乱"。

在短短的几年时间里,李清照先是经历了亡国之恨,其后又散失了大半生积累的收藏品,好不容易要和丈夫相会,结果就在这个当口,赵明诚也染病去世了。

那个时候的李清照,简直就像个难民,带着自己最珍视的收藏品穿越战火、流离失所,几乎是刚逃出一个噩梦,又立刻陷入新的噩梦。接连的打击让她性格大变,词风也随之大变。

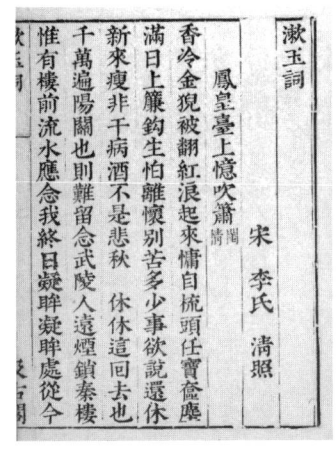

李清照《漱玉词》书影(明汲古阁刊本)

一开始,她还能写出"生当作人杰,死亦为鬼雄"这样的句子,还能在《渔家傲》中,用豪情激励自己:

天接云涛连晓雾,星河欲转千帆舞。仿佛梦魂归帝所。闻天语,殷勤问我归何处。　　我报路长嗟日暮,学诗谩有惊人句。九万里风鹏正举。风休住,蓬舟吹取三山去!

在这首词里,李清照固然发出了不知归向何处的疑问,但在结尾处,还是表现出了对风波毫不畏惧的勇敢。然而随着噩梦接踵而至,她所能够抒写的,就只剩下《武陵春》中满腹的愁苦:

风住尘香花已尽,日晚倦梳头。物是人非事事休,欲语泪先流。　　闻说双溪春尚好,也拟泛轻舟。只恐双溪舴(zé)艋(měng)舟,载不动许多愁。

曾经喜欢泛舟出游的她，现在只怕再也没有心情踏春游玩了，那一弯小小的船，又怎能载得动她如此浓郁沉重的愁苦呢！

李清照晚年所写的《声声慢》，更是把这种凄凉悲痛的情感写到了极致：

> 寻寻觅觅，冷冷清清，凄凄惨惨戚戚。乍暖还寒时候，最难将息。三杯两盏淡酒，怎敌他、晚来风急？雁过也，正伤心，却是旧时相识。　　满地黄花堆积。憔悴损，如今有谁堪摘？守着窗儿，独自怎生得黑？梧桐更兼细雨，到黄昏、点点滴滴。这次第，怎一个愁字了得！

这首词最引人注目的，便是开头连用的这十四个叠字，无一显得重复多余。古往今来填词之人，又有谁能写出这样的句子！元代乔吉固然在《天净沙》中写过"莺莺燕燕春春，花花柳柳真真。事事风风韵韵。娇娇嫩嫩，停停当当人人"，连用二十四个叠字，但他的叠字是生凑出来的，哪里比得上李清照的真情流露！

古人写愁有无数种写法，或言千斛万斛，或说如江如海，或说船载不动、车载不起，或说像烟草、飞絮、梅雨……而这首词中的愁，经过一层层的渲染愈发浓重，但最后却落脚到一个"愁"字上面，看似有些戛然而止、不了了之，实则已经倾泻无遗、说透说尽了。千载之后，我们看到这位肠断心碎的词人所留下的满纸呜咽，依然能感受到这种撼人心弦的感染力。

醉花阴①

薄雾浓云②愁永昼③,瑞脑④消金兽⑤。佳节又重阳,玉枕纱厨⑥,半夜凉⑦初透。　　东篱把酒黄昏后,有暗香盈袖。莫道不销魂,帘卷西风⑧,人比黄花⑨瘦。

〔注释〕

①醉花阴:词牌名,又名《醉春风》《醉花去》。②云:一作"雾",一作"阴"。③永昼:漫长的白天。④瑞脑:一种薰香名,又称龙脑,即冰片。⑤消金兽:香炉里的香料逐渐燃尽。消,一作"销",一作"喷"。金兽,兽形的铜香炉。⑥纱厨:防蚊蝇的纱帐。周邦彦《浣溪沙》:"薄薄纱厨望似空,簟纹如水浸芙蓉。"⑦凉:一作作"秋"。⑧西风:秋风。⑨比:一作"似"。黄花:指菊花。

〔翻译〕

薄雾弥漫,云层阴沉,漫长的白天过得郁闷、烦闷,龙脑香在金兽香炉中逐渐燃尽。又到了重阳佳节,身处纱帐中,卧在玉枕上,半夜的凉气将全身浸透。

在菊花丛边饮酒直到黄昏以后,淡淡的清香充盈两袖。此情此景怎么能不让人感伤呢?秋风卷帘而入,帘中人因过度思念,身形比黄花还要消瘦。

声声慢①

寻寻觅觅,冷冷清清,凄凄惨惨戚戚②。乍暖还寒时候,最难将息③。三杯两盏淡酒,怎敌他、晚④来风急?雁过也,正伤心,却是旧时相识。　　满地黄花堆积。憔悴损⑤,如今有谁堪摘?守着窗儿,独自怎生得黑⑥?梧桐更兼细雨,到黄昏、点点滴滴。这次第⑦,怎一个愁字了得⑧!

〔注释〕

①声声慢：词牌名，最早见于晁补之笔下。慢，调长拍缓、节奏舒缓的乐曲。此调风格缓慢哽咽，如泣如诉，多写愁苦忧思题材。②凄凄惨惨戚戚：忧愁苦闷的样子。三句连用十四个叠字，而毫无斧凿之痕，使愁苦凄楚的氛围顿时笼罩全篇。③将息：保养调理。④晚：一作"晓"。⑤憔悴损：十分憔悴。损，指过于憔悴，以至于有所损伤。⑥独自怎生得黑：独自一个人如何熬到天黑。怎生，疑问代词，怎样，如何。历代论家都以为"黑"字妙绝，"不许第二人押"。⑦这次第：这种光景、情形。⑧怎一个愁字了得：此句极言心中愁苦，看似"欲说还休"，实际上已倾泻无遗、淋漓尽致了。

〔翻译〕

苦苦地寻寻觅觅，却只见冷冷清清，怎能不让人感到凄惨悲戚！乍暖还寒的早秋时节，最难保养调理身体。喝几杯淡酒，怎么能抵挡得了傍晚的寒风来袭？大雁从眼前飞过，似乎是旧日的相识，更让人觉得伤心。

园中黄菊盛开满地，但我如今憔悴不堪，还有谁来采摘它们呢？寂寞地守着窗子，独自一个人怎么熬到天黑？细雨敲打着梧桐，点点滴滴直到黄昏时分。这种情形，用一个"愁"字怎么能概括得尽呢！

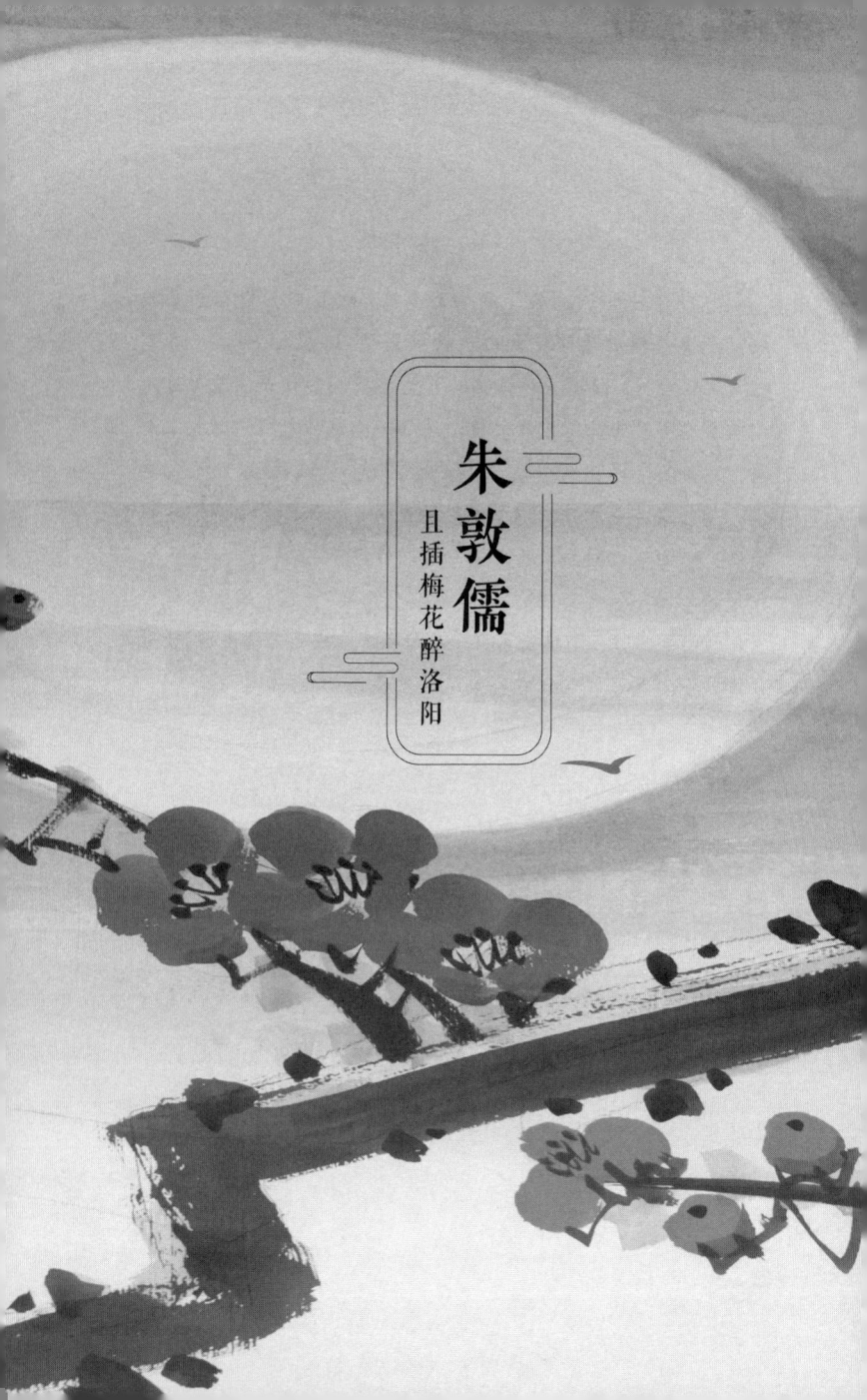

朱敦儒
且插梅花醉洛阳

我是清都山水郎

北宋的西京洛阳,这座在时人眼中遗留了最多唐朝风情的城池,坐拥超过三十万的人口,还建有宫城、皇城,以一种不减东京汴梁繁华的姿态傲立着。我们的主人公朱敦儒,就出生在这座城中。

他曾携酒提篮,儿女相随,漾舟春江,嬉游秋野;间或醉眠酒家,借着蒙眬的醉眼,看尽洛阳牡丹花市中熙熙攘攘的行客;又或是追逐着一路香尘,跌入一派繁弦急管、灯红酒绿之中。

他曾在天津桥畔痛饮高歌,豪气干云。时而招三五好友,射麋上苑,走马长楸,红缨翠带,雄姿英发。作别伊川雪夜,又向洛浦花朝,累了,倦了,便挽着巧笑佳人,一醉高卧青楼。

他也曾乘风弄雪,夜饮西真洞,高步重霄,俯视人间;以云为枕,以月为毡,裁诗助舞,赚得清露满身。

继而厌恶红尘俗世，希求羽化登仙，乘云霓远去，不必再过问世间"蚁聚""蜗战"。

他希望做一个大顽童，在山水、诗酒、美人间安稳适兴地度过一生，就像在《鹧鸪天》中写的那样：

> 我是清都山水郎，天教分付与疏狂。曾批给雨支风券，累上留云借月章。　　诗万首，酒千觞（shāng）。几曾着眼看侯王？玉楼金阙慵归去，且插梅花醉洛阳。

懒散的生活方式与清狂的性格是上天赋予的，喜爱自然的山水、风雨、云月也是出于天性。俗世间的一切，岂能入此人之眼？这首词想象浪漫风趣，狷介中显露出朱敦儒性格的本色。

《论语·子路》记载孔子的言论："不得中行而与之，必也狂狷乎！狂者进取，狷者有所不为也。"找不到奉行中庸之道的人，那么只好和狂者、狷者为伍。李白高洁傲岸，斗酒诗百篇，"气岸遥凌豪士前，风流肯落他人后"(《流夜郎赠辛判官》),可谓狂狷之人。朱敦儒亦是此种人。

王侯将相何必在意,有诗酒相伴,更复何求!玉楼金阙,多少人向往的花柳繁华之地,温柔富贵之乡,但是不如"插梅花""醉洛阳"那般顺心、自在。

倘若没有靖康之乱,朱敦儒这样的生活仍旧会持续下去,可惜天不遂人愿,就如这首《水龙吟》:

> 放船千里凌波去。略为吴山留顾。云屯水府,涛随神女,九江东注。北客翩然,壮心偏感,年华将暮。念伊嵩旧隐,巢由故友,南柯梦、遽如许。　　回首妖氛未扫,问人间、英雄何处。奇谋报国,可怜无用,尘昏白羽。铁锁横江,锦帆冲浪,孙郎良苦。但愁敲桂棹,悲吟梁父,泪流如雨。

青春将暮,壮志难酬,回忆起往昔洛阳的繁华,回忆起曾游乐于山水间的"伊嵩旧隐,巢由故友",都好似南柯一梦，付与不尽的感慨之中。而重回首，战乱未平，英雄、奇谋都无用武之地，自己徒惹悲痛，却无济于事，唯有满眼热泪，与鼓棹溅起的涟漪，一时坠落。

朱敦儒还有另一首《相见欢》，抒发的也是面对破碎山河时的无限愁情：

> 金陵城上西楼，倚清秋。万里夕阳垂地，大江流。　　中原乱，簪缨散，几时收？试倩悲风吹泪，过扬州。

在一片夕阳暮日景象中，北宋王朝迎来了它的末日，而年近四十的朱敦儒，也开始了他后半生不复安闲的生活。

漂泊江南，以梅为友

南宋杜耒（lěi）的《寒夜》中写道："寻常一样窗前月，才有梅花便不同。"梅花，不同桃李枝繁，自有雪霜之资，品行高洁，历来受到人们的推重。

宋人多咏梅佳篇，如陆游《卜算子》中"零落成泥碾作尘，只有香如故"，卢梅坡《雪梅》中"梅须逊雪三分白，雪却输梅一段香"等。至于林逋（bū）的"疏影横斜水清浅，暗香浮动月黄昏"，更是千古绝唱，姜夔即因此句自度《暗香》《疏影》二曲咏梅，亦属佳篇。

朱敦儒对于梅花也有着一种执迷，年少时，他自称：

青罗包髻白行缠，不是凡人不是仙。
家在洛阳城里住，卧吹铁笛过伊川。

"铁笛"，非一般之笛，多为隐士、高士所吹，声音高远嘹亮。清人张惠言就在《水调歌头》中写道："我有江南铁笛，要倚一枝香雪，吹彻玉城霞。"意即要靠着一枝江南梅花来吹奏铁笛,要传到天上仙人那里,使云霞都受到感动。

"非人非仙",慵归"玉楼金阙",偏爱"插梅花""醉洛阳",那种狂傲清高之气,遗世独立之姿,毕现于我们眼前。

> 霜风急,江南路上梅花白。梅花白,寒溪残月,冷村深雪。　　洛阳醉里曾同摘。水西竹外常相忆。常相忆,宝钗双凤,鬓边春色。

——《忆秦娥》

烟尘卷地,战火连绵,昔日洛阳的醉酒之人漂泊到了江南,眼前却是寒冷的溪流荡漾着霜月的残影。对着如雪一样又白又冷的梅花,朱敦儒恍惚间似乎觉得鬓边又生起了当年洛阳城里吹拂过的春风,然而美好的韶华,总是难以挽留。

见梅惊笑,问经年何处,收香藏白。似语如愁,却问我何苦红尘久客。观星栽桃,仙家种杏,到处成疏隔。千林无伴,淡然独傲霜雪。　　且与管领春回,孤标争肯接,雄蜂雌蝶。岂是无情,知受了多少凄凉风月。寄陇程遥,和羹心在,忍使芳尘歇。东风寂寞,可怜谁为攀折。

——《念奴娇》

林逋以梅为妻、以鹤为子,朱敦儒以梅为友。梅"淡然独傲霜雪",问我为何在红尘之中久留?"且与管领春回",无意争春,也不肯接蜂蝶,这都不是无情,只是承受了那么多的"凄凉风月",最终只落得东风中空守寂寞。词人的不遇之感、内心的苦闷与矛盾无从诉说,只好借着与梅花的攀谈排解。

梅花代表着一种高洁傲岸,一种隐士襟怀,然而现实中总是无法真正做到无拘无束,于是朱敦儒只好在作品中,去构筑那个飘然洒脱的世界:

先生筇（qióng）杖是生涯，挑月更担花。把住都无憎爱，放行总是烟霞。　　飘然携去，旗亭问酒，萧寺寻茶。恰似黄鹂无定，不知飞到谁家？

——《朝中措》

清·黄慎《捧梅图》

独自风流独自香

梅虽然不肯招蜂引蝶,不想被园林拘囿(yòu),但也常常未必尽如所愿,正如朱敦儒在《卜算子》中所写的那样:

> 古涧一枝梅,免被园林锁。路远山深不怕寒,似共春相趓(duǒ)。　　幽思有谁知,托契都难可。独自风流独自香,明月来寻我。

朱敦儒在南渡之前就曾被多次举荐,但他都一一拒绝,说自己有麋鹿一样的性格,偏爱草野优游,自得闲旷,对官爵俸禄没有什么兴趣。但是梅花可以躲入深山,邀月同住,朱敦儒却不行。

南渡之后,高宗下诏举荐在野的贤德之人,朱敦儒又在其中。他想再次拒绝,但又担心多次不应举会开罪当权者，于是在亲友的劝说之下出仕，不久之后，又再次辞官。他想再过闲适平静的生活，却没料到，自己已经被秦桧盯上了。

秦桧早年进士及第，中词学兼茂科，任太学学正。传说他求得夫人王氏下嫁，还是凭借着自己的文才。

王氏是北宋名臣王珪（guī）的孙女，与李清照是表姐妹。据说她心高气傲，非才士不嫁。一次秦桧去王家作客，她试秦桧才学，命他给苑中新亭取名。秦桧于是提笔写道"得月阁"。旁人问何意，秦桧答道："我有近水楼台之幸，希望得月中嫦娥。"表明了想娶王氏。

王氏又问秦桧志向，秦桧口占五绝："高贤邈已远，凛凛生气存。韩范不时有，此心谁与论。"诗中秦桧自比韩愈与范仲淹，表达了自己的抱负。凭借此诗，他博得了王氏的芳心。

秦桧当权，喜欢笼络文人墨客以粉饰太平。朱敦儒不肯合作，秦桧便从他的儿子入手，让自己的儿子秦熺（xī）与朱敦儒的儿子结交，并授予朱敦儒的儿子官职。朱敦儒没办法，后来也不得不接受了秦桧的任官。

秦桧死后，朱敦儒也被免官，这件事成为了朱敦儒一生无法抹去的污点。

> 一夜新秋风雨。客恨客愁无数。我是卧云人，悔到红尘深处。难住。难住。拂袖青山归去。
>
> ——《如梦令》

朱敦儒一直向往隐居生活，却不得不在红尘俗世里摸爬滚打了一圈。也许只有在承受了命运的捉弄之后，才能更加让人确信，与云间鸿雁、草中鸣虫共眠，醉看梅花开落，这才是真正属于他的生活。

相见欢①

金陵城上西楼,倚清秋。万里夕阳垂地,大江流。 中原乱,簪缨②散,几时收?试倩③悲风吹泪,过扬州。

〔注释〕

①相见欢:词牌名,又名《乌夜啼》《月上瓜州》等。②簪缨:以官僚贵族的冠饰代指他们本人。③倩(qìng):请。

〔翻译〕

登上金陵城的西楼,凭栏观看清秋时节的景色,万里长江在夕阳下奔流。

随着靖康之乱,达官贵族们纷纷逃散,什么时候才能收复国土?就让悲伤的风把我的泪吹到扬州吧!

陈与义

乱世跋涉开隽词

少年争鸣翰墨场

对陈姓人而言,论及先人成就,至今仍津津乐道的便是江西诗派"一祖三宗"中,姓陈的占了俩。这个说法出自元代方回的《瀛奎律髓》,其中,"一祖"指杜甫,"三宗"指黄庭坚、陈师道、陈与义。

当然,沾沾自喜之余,也免不了几声叹惋,因为这两位陈姓诗人都只活了四十九岁。陈师道一生较为困窘,陈与义则不同。他出自官宦世家、书香门第,曾祖陈希亮为著名的清官良吏,深得民望,就连同时代的大文豪苏轼对他也十分敬佩。苏轼虽然自称平生不为人作行状墓碑,但因为担心陈希亮的事迹湮灭无闻,还是破例写下了《陈公弼传》。

陈希亮第四子陈慥(zào),更是苏轼至交好友,二人常一起坐而论道。后世之所以熟知陈慥,也与苏轼有关。在《寄吴德仁兼简陈季常诗》中,苏轼戏谑道:

> 龙丘居士亦可怜，谈空说有夜不眠。
> 忽闻河东狮子吼，拄杖落手心茫然。

陈慥自号"龙丘居士"，以上诗句就是调侃他夜谈佛法以致废寝，忘神之时骤闻夫人斥责，心悸之余连拐杖都掉落了。"狮子吼"本为佛教用语，意指"如来正声"，比喻威严，苏轼这里却拿来形容陈夫人声音洪亮，十分有趣。

由于此故事流传甚广，"河东狮"也成为悍妇的代名词，而怕老婆的人则被称为"季常癖"（陈慥字季常）。谁能想到《方山子传》中亦侠亦隐的方山子与传说中怕老婆的陈季常竟是一人，而且两个形象的塑造，都与苏轼脱不了干系。

陈与义的祖父陈恂为陈希亮第三子，陈慥之兄。除此之外，陈与义还有个书法家外祖父，故而陈与义不仅善诗，还善书画。

少年时期的陈与义天资卓伟，号为"诗俊"，与"词俊"朱敦儒和"文俊"富直柔等人并称"洛中八俊"。

俗话说"人怕出名猪怕壮",陈与义的才学很快引起了当时丞相王黼(fǔ)的关注。王黼是北宋著名奸臣,长相奇特,金发金眼,嘴巴大得据说可以吞下拳头,虽胸无点墨,但机敏过人,善于媚上,左右逢源。

他知道宋徽宗喜好风雅,便呈上了陈与义的诗作《和张规臣水墨梅五绝》。徽宗皇帝看了极为赏识,召陈与义问对,与之交谈后更是嗟叹相见恨晚,于是擢授陈与义为太常博士,并在随后几年屡次予以提拔。

当此仕途春风得意之际,陈与义的诗作也惊诧时人,一时洛阳纸贵,如《夏日集葆真池上,以"绿阴昼生静"赋诗,得静字》一诗出后,据洪迈《容斋四笔》所记,"京师无人不传写"。但是随着王黼的倒台,陈与义也迁谪陈留。不到一年之后,"靖康之乱"爆发,陈与义从此开始了避乱南奔的流离生活。

陈与义手书诗简

桃花开后却匆匆

陈与义在漂泊五年后,来到了南宋都城临安。传说又因"客子光阴诗卷里,杏花消息雨声中"(《怀天经智老因访之》)一联博得了宋高宗的青睐,于是再次步入中枢,累官至参知政事,成为南渡诗人中仕途最为显达者。

张帆欲去仍搔首,更醉君家酒。吟诗日日待春风,及至桃花开后却匆匆。　歌声频为行人咽,记著尊前雪。明朝酒醒大江流,满载一船离恨向衡州。

——《虞美人》

这首词是陈与义避难期间与友人短暂相聚后作别之作,然而又不同于普通离恨,兵荒马乱之际,前途未卜,正所谓"明日隔山岳,世事两茫茫"(杜甫《赠卫八处士》),更加令人黯然神伤。

"日日待春风,及至桃花开后却匆匆",我们期盼"春风""桃花"已久,却奈何美景去也匆匆。陈与义第二次仕途巅峰亦是如此,虽显耀一时,也很快就过去了。

南宋初期,小朝廷争论最多的莫过于对金的"和"与"战"。当时主战派代表丞相赵鼎向皇上进言,认为有收复中原的时机,不应该错失,力主北伐。高宗经历了仓皇辞庙、避战遁海,目下偏安于一隅,不愿再起战事,于是推脱道:"现在徽宗的灵柩与韦太后、钦宗皇帝都未归还,若不与金议和的话,就再也没有要求归还的余地了。"

陈与义对"庙堂无策可平戎"(《伤春》)的状态是极为不满的,但是宦海沉浮已经消磨了他的锐气,故而皇帝问起他的时候,他说:"要是议和能够成功,岂非比用兵更好?万一不成,用兵才是必不可免的。"他的回答得到了皇帝的嘉许。

陈与义终非适应官场之人,当初他劝弟子叶懋(mào)入仕,叶懋不答,他也是到后来才终于体悟到了这种动辄得咎的压抑不畅之苦。尽管高宗一直想留他在身边，他却已怀归隐之志。其居所名作无住庵，"无住"出自《金刚经》"应无所住而生其心"，意为应无所执着而生清净心，表达了陈与义希望超脱出世之志。他在一首《虞美人》中写道：

> 扁舟三日秋塘路，平度荷花去。病夫因病得来游，更值满川微雨洗新秋。　　去年长恨拿舟晚，空见残荷满。今年何以报君恩，一路繁花相送过青墩。

"病夫因病得来游"，不病则见不到"满川微雨洗新秋"之景，"病"似乎成了一件可喜之事。通过今昔对比，陈与义写出了扁舟"平度荷花"的愉悦，弥补了去年"空见残荷"的遗憾。"青墩"即无住庵所在地，此词所表达的，就是一种得以从官场挣脱，即将到达自己孜孜以求清净田园的畅然。

二十余年如一梦

回忆是一种奇妙的体验,分明代表着眷念、执着,借以徒劳的努力来抗拒无法复得的遗憾、无奈,即便真切地知道一切终归虚妄,但还是会忍不住去唤醒。

"洛阳城里春光好,洛阳才子他乡老"(韦庄《菩萨蛮》)。又是一年芳草绿,洛阳城里春色撩人,杏花微寒,刚从暖雨晴风里破冻的河水,顺着月亮的清辉与玉人的笛声暗淌过去。洛阳城里的英豪之士,就趁着这良辰美景载酒行乐,直到天明。

然而金兵入侵,君民仓皇南渡,洛阳的宴饮之乐沉寂于烽烟之下,座中豪英也四散天涯,流离异方。而今陈与义年逾不惑,行将知命,告别洛阳多年后,追忆起往昔家国突变、知交零落、兵戈扰攘,仍不禁心中悸怖,于是作得这首《临江仙》:

忆昔午桥桥上饮,坐中多是豪英。长沟流月去无声。杏花疏影里,吹笛到天明。

二十余年如一梦,此身虽在堪惊。闲登小阁看新晴。古今多少事,渔唱起三更。

清代袁枚有诗云:"佳句听人口上歌,有如绝色眼前过。明知与我全无份,不觉情深唤奈何!"陈与义此词给人的感受亦是如此。

"杏花疏影里,吹笛到天明",那般风流潇洒如在眼前,令人神驰;"闲登小阁看新晴",是在寻求希望,又是在寻求慰藉。然而,古往今来的人物事迹终会淹没在浩荡不息的历史长河之中,不过为渔夫、樵夫增添了几句劳作时解乏的唱词。

南渡的文人墨客在异乡总是感到不适,气候、语言等区域隔阂更加深了这种情绪,而当初承平时期的一切美好欢乐,也只能在记忆里去回味了。

十年花底承朝露，看到江南树。洛阳城里又东风，未必桃花得似旧时红。　　胭脂睡起春才好，应恨人空老。心情虽在只吟诗，白发刘郎辜负可怜枝。

——《虞美人》

"看尽江南树"，还是不忘洛阳的桃花，正如李清照总是遥想"中州盛日"（《永遇乐》），张元幹时常"寻思旧京洛"（《兰陵王》），朱敦儒追诉"故国当年得意"（《雨中花》），这些南渡词人终其一生，都没能对这份情结释然。

陈与义：乱世跋涉开隽词一

临江仙①

忆昔午桥②桥上饮，坐中③多是豪英。长沟流月去无声④。杏花疏影⑤里，吹笛到天明。　　二十余年如一梦，此身虽在堪惊⑥。闲登小阁看新晴⑦。古今多少事，渔唱⑧起三更⑨。

〔注释〕

①临江仙：词牌名，又名《谢新恩》《雁后归》《画屏春》等。②午桥：桥名，在洛阳城南。③坐中：指在一起喝酒的人。④长沟流月：月光随着流水悄悄消逝。去无声：表示月亮西沉，夜色已深。⑤疏影：这里指杏花稀疏的影子。⑥此身虽在堪惊：虽然得以保全性命，却总是胆战心惊。⑦新晴：雨后初晴，这里指晴夜。⑧渔唱：渔人唱的歌。郑谷《江行》："殷勤听渔唱，渐次入吴音。"⑨三更：古代用漏壶计时，自黄

昏至拂晓分为五更，三更正是午夜。

〔 **翻译** 〕

回忆往昔在午桥上开怀畅饮，在场的都是英雄豪杰。月光映在河面，随着流水悄悄流逝，在杏花稀疏的影子里，吹起笛子直到天明。

二十多年的流落经历好似一场梦，我虽然得以保全性命，但回首往昔却总是胆战心惊。闲来无事，登上小楼观看夜晚雨后初晴的景色。古往今来有多少事情转瞬即逝，只有渔人还在半夜三更里歌唱。

张元幹

以一首词激怒秦桧的人

身逢乱世，报国无门

和李清照、朱敦儒、陈与义他们一样，张元幹也是一位身处两宋之交的词人。他出身于书香门第，早年以清丽妩秀的词风受到人们的称赞，至南渡之后，词风才变得豪放、悲壮起来。

也许是因为不满于当时的官场，少年时的张元幹并没有什么做官的志向，而是"志尚丘壑"，整日游访于山林之中。有个老翁见到他无所事事，便对他说："朝中还有一位大臣李纲，人品不错，你可以试着与他结交。"于是张元幹就去李纲手下任职了。

北宋靖康元年（1126年），金人的铁蹄渡过黄河，直逼大宋首都开封。眼见大军压境，朝堂之上的诸位大臣乱成了一锅粥，有人主张坚守死战，有人建议遣使议和，更有甚者，还扬言要弃城逃跑。上层不稳，底下的百姓自然也是人心惶惶。

担任行营属官的张元幹此时已经三十五岁了,这些日子,他的上级李纲一直都在朝堂之上力陈坚守抗金,而他也在尽己所能地写些东西,以壮军民士气。这天,李纲召来张元幹,郑重地对他说:"金人兵锋已至,坚守已成定局,元幹啊,你愿意和老夫一同上阵御敌吗?"

闻听此语,张元幹哈哈大笑:"我向来佩服您的人品,在您麾下这么久,就是为了等这一天啊!"

于是,在接下来的一段时间里,张元幹每日随李纲亲临城上指挥杀敌,打退了金兵的多次进攻。在遭受了重大损失后,同年二月,金人终于退兵,开封城暂时解围。

然而,获得了喘息之机的北宋朝廷并没能做出什么改变,不到一年时间,金人便攻破开封,掳走了徽、钦二帝,北宋就此灭亡,史称"靖康之乱"。

即位的宋高宗虽然任用李纲为相,但内心早已被金人吓破了胆,再加之以秦桧为代表主和派的打压,李纲为相仅七十五天便被罢免。原以为有了报国机会的张元幹也受到诽谤，被迫离开了政治中心。

眼见国势日削，张元幹义愤填膺，写下了《石州慢》：

> 雨急云飞，惊散暮鸦，微弄凉月。谁家疏柳低迷，几点流萤明灭。夜帆风驶，满湖烟水苍茫，菰（gū）蒲（pú）零乱秋声咽。梦断酒醒时，倚危樯清绝。　　心折。长庚光怒，群盗纵横，逆胡猖獗。欲挽天河，一洗中原膏血。两宫何处？塞垣只隔长江，唾壶空击悲歌缺。万里想龙沙，泣孤臣吴越。

张元幹写这首词时，正值金人再度入侵，高宗皇帝仓皇逃窜。我们似乎能看到，在一片凄清之景中，一个报国无门的志士在慷慨作歌、痛哭流涕。

慷慨悲凉的《贺新郎》

《苕溪渔隐丛话后集》中，有一则张元幹在李纲麾下时的记载。当时，张元幹和另一位同事常常跟在李纲身后，同事长得很高，张元幹却有些瘦小，别的同事就开玩笑说："大鸡昂首挺胸而来，小鸡就只有伸长脖子踮起脚尖等着了。"

虽然身材瘦小，但在张元幹胸中，却始终有着一股高昂之气。南渡之后，面对愈发严峻的形势，张元幹的词也是越写越慷慨，其中以两首《贺新郎》最为出名。

很多人看到《贺新郎》这个名字，都会认为这个词牌既然起的是恭贺新婚的意思，一定比较轻松欢快，实则不然。《贺新郎》的调子比较沉郁苍凉，所以常被用来抒发慷慨激越的情感。

这个词牌最早被苏轼填过，因为其中有"晚凉新浴"的句子，所以又被称作《贺新凉》，有种说法就认为,"新郎"是"新凉"的音讹。除了这个名字外,这个词牌又叫《金缕曲》《风敲竹》《貂裘换酒》,都是因为相关词作中有类似的句子。

张元幹的第一首《贺新郎》是寄给老领导李纲的,当时的李纲已经因为上书反对宋、金议和而被罢官闲居,因此张元幹在词中不仅表达了自己坚决主战的决心,更对李纲表示了敬仰和支持:

> 曳杖危楼去。斗垂天,沧波万顷,月流烟渚。扫尽浮云风不定,未放扁舟夜渡。宿雁落、寒芦深处。怅望关河空吊影,正人间鼻息鸣鼍(tuó)鼓。谁伴我,醉中舞?　　十年一梦扬州路。倚高寒,愁生故国,气吞骄虏。要斩楼兰三尺剑,遗恨琵琶旧语。谩暗涩、铜华尘土。唤取谪仙平章看,过苕溪尚许垂纶否?风浩荡,欲飞举。

登高远望,想到支离破碎的山河,听到众人酣睡的声音，张元幹不禁发问：还有谁能陪着我乘酒兴起舞呢？言下之意，只有同样心怀天下的李纲了。既然如此，就不要使宝剑失色、琴案蒙尘，趁着下一次风来浩荡，就一起迎风飞举、施展抱负吧！

李纲罢相，很大一部分原因在于秦桧，眼见张元幹竟然敢同情李纲，秦桧暗暗把这个名字加进了"黑名单"里。

不久之后，胡铨因为上疏弹劾秦桧被陷害贬官，朝中大臣噤若寒蝉，没有人敢为他发声。远在百里之外的张元幹却不顾个人安危，等在路上为胡铨送行，还写了另一首《贺新郎》相赠：

> 梦绕神州路。怅秋风，连营画角，故宫离黍。底事昆仑倾砥柱，九地黄流乱注？聚万落千村狐兔。天意从来高难问，况人情老易悲难诉！更南浦，送君去。　　凉生岸柳催残暑。耿斜河、疏星淡月，断云微度。万

里江山知何处？回首对床夜语。雁不到、书成谁与？目尽青天怀今古，肯儿曹恩怨相尔汝？举大白，听金缕。

这首词比之上一首更加慷慨悲凉，大才子纪晓岚也赞叹道："数百年后，尚想其抑塞磊落之气。"可想而知，秦桧读到这首词时一定是暴跳如雷，从他把张元幹逮捕抄家、削除官籍的举动就可以看出来，他被激怒到了什么程度。

张元幹因为讽刺奸臣、同情忠良而入狱，这监狱蹲得光彩，千年之后，我们还要为他记下这一笔。

张元幹《芦川词》书影，明汲古阁刊本

石州慢①

雨急云飞,惊散暮鸦,微弄凉月。谁家疏柳低迷②,几点流萤明灭。夜帆风驶,满湖烟水苍茫,菰蒲零乱秋声咽。梦断酒醒时,倚危樯③清绝。　　心折④。长庚⑤光怒,群盗⑥纵横,逆胡猖獗⑦。欲挽天河,一洗中原膏血。两宫⑧何处?塞垣只隔长江,唾壶空击悲歌缺⑨。万里想龙沙⑩,泣孤臣吴越。

〔注释〕

①石州慢:词牌名,又名《石州引》《石州词》。石州,唐边地州名。②低迷:模糊的样子。③危樯:船上高耸的桅杆。④心折:心中摧折,伤心至极。江淹《别赋》:"使人意夺神骇,

心折骨惊。"⑤长庚：指金星，古人认为金星主兵戈之事。⑥群盗：宋高宗建炎二年（1128年），济南知府刘豫叛宋降金。次年苗傅、刘正彦作乱，逼迫高宗传位太子，兵败被杀。⑦逆胡猖獗：指金兵任意横行。猖獗，亦作"猖蹶"。⑧两宫：指徽、钦二帝。⑨唾壶空击悲歌缺：刘义庆《世说新语·豪爽》："王处仲每酒后，辄咏'老骥伏枥，志在千里。烈士暮年，壮心不已'。以如意打唾壶，壶口尽缺。"这里借此典故表达词人不能亲自雪耻的悲愤心情。⑩龙沙：沙漠边远之地，指徽、钦二帝被囚禁之所。

〔翻译〕

一场秋风急雨，惊散了傍晚的乌鸦，雨过之后，高悬夜空的明月发出清冷的光。枝条稀疏的柳树在暮色中模糊不清，几只萤火虫在空中飞舞，光芒忽明忽灭，乘着船扬帆夜行，满湖水气朦胧苍茫，水中杂乱的菰蒲被风吹得摇曳零乱，发出的声响如同呜咽。酒醒梦断时分，倚着桅杆，心中更加悲伤凄切。

悲伤得令人摧折啊！连金星都发怒了。就在国难当头之际，屡屡出现叛乱，金兵也任意横行。想要引来天河之水，清洗掉中原人民被屠戮所留下的脂血。被俘虏的徽、钦二帝，现在又在哪里呢？目前南宋和金的边境只有一江之隔，形势更是十分危急。然而我再有雪耻的壮志，也不过和王处仲一样白白击碎唾壶，空有决心却无能为力，连悲歌也无法发出。此时此刻，我身为孤臣身处吴越之地漂泊避乱，仍然念念不忘万里之外被俘虏的君主，时时为国事多艰痛哭流涕。

岳飞

怒发冲冠的英雄将领

充满传奇的英雄

我们即将认识的这位词人,可能是所有古代词人中最为传奇的一位。或者说,他并不能单纯地被称为一位词人,而写词也并非他的主业。

他的传说太过神奇,他的地位也太过崇高,不知从何时起,他的名字有了一份特殊的意义,他不再是一个普普通通的人,而成为了一种精神的象征。

但在名扬天下之前,他不过是一个普普通通的庄稼汉。他的家庭世代务农,传说在他出生那一夜,有一只状如鸿鹄的大鸟飞来,在他家的房顶叫个不停,他的父母认为这是祥瑞,因此给他取名为岳飞,字鹏举。

在后世以《说岳》为代表的民间通俗作品中,岳飞的这些经历被不断神化,他由此成了佛顶的大鹏

金翅鸟下凡，而奸臣秦桧是黄河中铁背虬龙转世，至于金兀术，则是扰乱天下的赤须龙。因此，岳飞尽忠、秦桧卖国、兀术侵宋，种种行为，都是神仙宿怨在人间的投影。

从古到今的听众都喜欢听这样精彩热闹的故事，喜欢为充满悲剧感的人物虚构出更多感人的传奇故事，用因果报应的虚妄冲淡现实的悲剧。这些本无可厚非，但在层层遮蔽之下，属于英雄的本色已几不可见。

之所以造成这种局面，最开始是因为秦桧。他以谋反的罪名害死了岳飞，并对这段历史进行了有意的涂抹，对敢于同情岳飞的人，更是不遗余力地进行打压。因此，在岳飞去世后长达几十年里，竟然没有几个人为这位昔日的英雄留下多少文字。

歪曲、空白的历史给人们留下了无限的想象空间，于是，自岳飞的孙子岳珂为爷爷鸣冤开始，人们便怀着美好的愿望塑造出了一个更为传奇的岳飞。以至于官修史书《宋史》都采用了相关记述，不惜用很长的篇幅书写岳飞的传奇。

我们所能知道的是,岳飞确实是农家子弟。据说他曾给北宋名将韩琦家种过地。岳飞知恩图报,从此见了韩家子弟都会恭敬行礼。

我们所能知道的是,岳飞确实武艺过人。他天生神力,能开硬弓强弩,从部队最底层干起,屡次在战斗中立下功勋,凭借武勇出人头地。

我们所能知道的是,岳飞的军队确实严守纪律、能征善战。"冻死不拆屋,饿死不掳掠""撼山易,撼岳家军难"的口号,绝非溢美之词。

我们所能知道的是,岳飞背上刺字之事当属史实。据《宋史·何铸传》记载,岳飞背上的四个字是"尽忠报国"。不过,这些字不是岳母刺上去的,而是宋朝军队

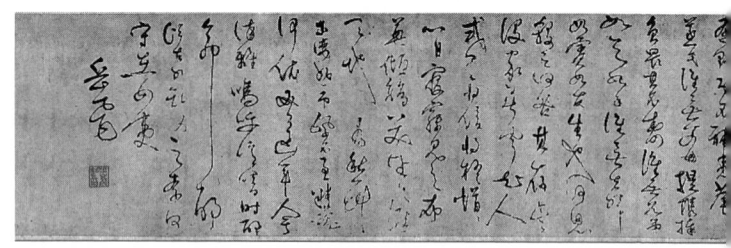

岳飞《悼古战场文》草书(局部)

刺上去的，它最初的作用是为了防止士兵开小差逃走，后来才成了行伍之人的标志。

我们所能知道的是，同时代的军民士人，都无比尊崇岳飞。胆战心惊的金兵称呼岳家军为"岳爷爷军"；而心存感激的老百姓，十家里有九家都供奉着岳飞的画像。

我们知道的很多，但与此同时，我们知道的还不够多，更难以分清孰真孰幻。就让我们从岳飞的几首传世词作中，来认识他作为词人的一面吧。

《满江红》里的家国情怀

岳飞传世词作仅有三首,其中最著名的《满江红·写怀》,感情激荡,气势磅礴,几乎到了人人能诵的地步:

> 怒发冲冠,凭栏处、潇潇雨歇。抬望眼,仰天长啸,壮怀激烈。三十功名尘与土,八千里路云和月。莫等闲、白了少年头,空悲切。　　靖康耻,犹未雪。臣子恨,何时灭!驾长车,踏破贺兰山缺。壮志饥餐胡虏肉,笑谈渴饮匈奴血。待从头、收拾旧山河,朝天阙。

这首词以"怒"字开头,让人不由得心中凛然,词人为何发怒?又在为何事而怒?细细品读,我们便能体会到作者的悲愤之情,"三十功名尘与土,八千里路云和月",正是这种理想与现实间复杂而尖锐的矛盾,奠定了本词的主要基调。

孔子云：三十而立。三十岁那年，岳飞因平定贼寇有功，得到了高宗皇帝手书的"精忠岳飞"四字，对于人臣而言，这是何等的荣耀！接着，他又挥师北上，击溃金国扶持的伪齐政权，收复襄阳六郡，大败金兵于庐州，平定杨么叛乱。一连串的胜利，让岳家军声名大震。

然而绍兴六年的北伐，就没有之前那么一帆风顺了。岳飞孤军深入，援兵不至，粮草无继，不得不退回鄂州（今湖北武汉），这首《满江红》，大概便作于此时。岳飞痛感坐失破敌良机，故而在上阕收煞处有"莫等闲、白了少年头，空悲切"这样的自勉，雄壮之气，溢于言表。

到了下阕，岳飞更现壮怀奇语。饥餐敌肉、渴饮敌血，非如此不能表达刻骨的仇恨，非如此不能展现雪耻的决心。虽然语句上有些重复，有所谓"合掌"的弊病，但只有如此，才足以畅其情势。

有论者认为，这首《满江红》是后人伪作，原因之一就在于下阕中"贺兰山"的用法有问题。贺兰山远在西北，和金国没有半点关系，岳飞怎么会犯这种方向错误呢！

其实，不仅岳飞这么写，同时代词人的作品中多有这样的例子。比如稍晚些的辛弃疾，也在一首《满江红》中写道："袖里珍奇光五色，他年要补天西北。"还有张元幹的一首《贺新郎》，也写道："要斩楼兰三尺剑，遗恨琵琶旧语！"这里的"西北""楼兰"，和岳飞的"贺兰山"一样，代指的显然都是眼下的大敌——金国，我们难道要责怪他们都用错了吗？

岳飞的另一首《满江红》同样作于鄂州，时间上更为靠后，因而壮志未申的愤慨也更为激烈。他登上当地名胜黄鹤楼，高咏道：

> 遥望中原，荒烟外、许多城郭。想当年，花遮柳护，凤楼龙阁。万岁山前珠翠绕，蓬壶殿里笙歌作。到而今、铁骑满郊畿（jī），风尘恶。　　兵安在？膏锋锷。民安在？填沟壑。叹江山如故，千村寥落。何日请缨提锐旅，一鞭直渡清河洛。却归来、再续汉阳游，骑黄鹤。

后人评价此词：直白之至，却不曾露出轻率；激烈之极，却不是空有叫嚣。可贵之处，自然在于其中蕴含的真挚情感。正是这些情感所赋予的艺术真实，让本非词家而是身为将领的岳飞，为我们留下了传唱千古的不朽名作。

青山有幸埋忠骨

宋人曾敏行的《独醒杂志》记录了另一个有关岳飞的传说。据说岳飞少年时曾偶遇一个相面的老头,老头预言他今后一定会成为显贵、统领重兵,但最终难免死于非命。岳飞叩问其中缘故,老头解释说:"你是猿猴精转世,猿猴硕大会被害,你显贵之后,想要谋害你的人还会少吗?"

这个故事当然是小说家的附会,但也揭示了岳飞被害的一个原因——自始至终,他都是一个不为人所理解的孤忠。

他想要收复河山、澄清玉宇。普天下"文臣不爱钱,武将不惜死",但朝野中的大多数人呢,却只想过过安生日子,搞搞门户私计。岳飞被抄家时,家中总计只有不到千贯的财产,而他的同事张俊,每聚敛千两银子便会铸成一个大球,号称"没奈何",贪财吝啬,被人讥讽为"张铁脸"。

眼前凶神恶煞的敌人好对付,但背后放冷箭的小人总是让人防不胜防。所以,岳飞才会在《小重山》中,如此含蓄委婉地表达自己胸中的愤懑:

> 昨夜寒蛩(qióng)不住鸣。惊回千里梦,已三更。起来独自绕阶行。人悄悄,帘外月胧明。　白首为功名。旧山松竹老,阻归程。欲将心事付瑶琴。知音少,弦断有谁听。

白首为功名,为的不是自己升官发财,而是天下之太平、百姓之安居。这一腔热血,尽付于琴弦之上,可就算弹断了琴弦,又有几个人能懂得呢?

岳飞曾经在抗金名将宗泽部下任职,宗泽很是欣赏这个英勇善战的小伙子,还曾传授其列阵之法。宗泽去世于北宋灭亡的第二年,弥留之际仍念念不忘北伐大计,奋力高呼三声"过河"之后,才溘然长逝。

这三声"过河",不正和岳飞被陷害入狱时写满供状的"天日昭昭"一样,都是孤忠无可奈何的呐喊吗?

今天的浙江杭州,西子湖畔,岳飞墓依旧森然而立。在岳飞墓前,跪着以秦桧为首的四奸铸像,"青山有幸埋忠骨,白铁无辜铸佞臣",千百年来,不知招来了百姓多少棍棒和口水。

我们依然会传颂岳飞的故事,他的形象绝不会因为时代的变迁矮上半分,正如秦桧等人永远不会站起来,将被永远钉在历史的耻辱柱上。

满江红①

怒发冲冠②,凭栏处、潇潇③雨歇。抬望眼,仰天长啸④,壮怀⑤激烈。三十功名尘与土⑥,八千里路云和月⑦。莫等闲⑧、白了少年头,空悲切。　　靖康耻⑨,犹未雪。臣子恨,何时灭!驾长车,踏破贺兰山⑩缺。壮志饥餐胡虏⑪肉,笑谈渴饮匈奴⑫血。待从头、收拾旧山河,朝天阙⑬。

〔注释〕

①满江红:词牌名。此调为北宋新声,柳永所创,因基音较高,故有激越之感。②怒发冲冠:愤怒得头发直竖,顶起帽子。形容愤怒至极。《史记·廉颇蔺相如列传》:"相如因持璧却立倚柱,怒发上冲冠。"③潇潇:雨势急骤的样子。④长啸:这里指大声呼叫发出高而长的声音。有时也指撮口发出悠长清越

的声音。古人常以此述志。⑤壮怀：奋发图强的壮志。⑥三十功名尘与土：年已三十，得到的功名却如同尘土一样微不足道。"三十"是约数。⑦八千里路云和月：形容南征北战十分辛劳，征途遥远、披星戴月。"八千"也是约数，极言征战行程之远。⑧等闲：轻易，随便。⑨靖康耻：宋钦宗靖康二年（1127年），金兵攻陷汴京，俘虏徽、钦二帝，北宋就此覆灭。⑩贺兰山：贺兰山脉，位于宁夏与内蒙古交界处，当时被金兵占领。一说是位于邯郸市磁县境内的贺兰山。⑪胡虏：秦汉时称匈奴为胡虏，后世用为与中原敌对的北方部族之通称。⑫匈奴：古代北方民族之一，这里指入侵的金兵。⑬朝天阙：朝见皇帝。天阙，宫殿前的楼观，代指皇帝居所。

〔翻译〕

我愤怒得头发竖了起来，连帽子都被顶起。登高凭栏远眺，骤急的风雨刚刚停歇。抬头远望，禁不住仰天长啸，报国的壮志在胸中激荡。年已三十，得到的功名却如同尘土一样微不足道，长时间南征北战，征途遥远，总是披星戴月。好男儿要抓紧时间报国建功，不要空使青春消磨，等年老头白时徒自悲切。

靖康之变的耻辱，至今仍未雪洗。作为臣子的愤恨，何时才能得以泯灭！我只想驾着战车，连贺兰山都夷为平地。满怀仇恨，谈笑间饥餐渴饮敌人的骨肉鲜血。待我重新收复旧日的大好山河，再返回朝廷向天子报捷。

陆游

亘古男儿一放翁

被埋没的文武全才

靖康之乱改变了无数人的命运,这其中也包括陆游。如果没有这场战乱,我们也许会看到一个吟风弄月、妙手著文的公子哥,而不是侠骨柔肠、轰轰烈烈的陆放翁了。

陆游出生那一年,距离靖康之乱还有两个年头,当时他的父亲陆宰正携家眷入京述职,途经淮河。传说陆游出生前一天晚上,他的母亲梦见了老一辈文学家、"苏门四学士"之一的秦观(字少游),于是他的父亲就给他取名陆游,字务观,把秦观的名和字掉了个个儿。

在之前的故事里,我们认识了这位"山抹微云学士",但很多人也许会纠结,秦观的"观"字到底是读一声还是四声呢?既

然大家说陆游的名字是致敬秦观的,那我们就来听听陆游本人怎么说吧。

与陆游同时代的一位诗人曾在一首诗中写道:"直翁自了平生事,不了山阴陆务观。"写的自然是陆游罢官回到山阴老家的事。陆游听说之后,微微一笑:"我字务观,观是去声,怎么这个人把它当作平声押韵了?"

律诗绝句有严格的押韵规则,一般只能押平声韵,陆游既然明确指出这首诗中的押韵问题,那就说明他的"观"字确实读去声,按照今天的读音,自然就是第四声了。

靖康之乱后,陆宰带着亲眷回到了山阴老家,之后听一个和尚朋友介绍,投奔了浙江东阳县的民间抗金团体。这是一支自发组织的抗金队伍,他们善于团结周边群众,与敌交锋时有斩获。小陆游在这三年多的草寇生涯里,不仅长了见识,更习得了不错的武艺。

多年以后,陆游在秦岭深山中凭着一杆长矛将向人猛扑的大老虎刺死时（《十月二十六日夜梦行南郑道中》），恐怕还会感激这段"匪窝"里的岁月。

当然，陆家毕竟还是传统的书香门第，陆宰觉得儿子成天舞刀弄棍的不是个事儿，就留心起对他的文化教育来。陆家是藏书世家，有良好的家学渊源，再加上找了名师上门指导，十二岁的陆游就凭借文才崭露头角。

然而，后续发生的事却叫人错愕不已。十六岁，陆游赴临安参加科考，失败；十九岁，再次赴临安参加科考，失败；二十九岁，经历了结婚、离婚、再婚、生子、丧父等家庭变故之后，已经成名的陆游又一次参加科考，还是失败。

连续三次考试失败并不是陆游才学不够，而是秦桧从中作梗。对于秦桧而言，陆家就是坚称抗金的"顽固分子"，要毫不手软地打击；对于陆家而言，自陆游父辈起，就和秦桧不对付，是有名的"反秦派"。故而陆游对秦桧，除了公愤还有私恨，在这样的情况下，纵使他再有才，也没人敢录取他。

即便是到了孝宗皇帝即位，陆游终于考中进士之后，他的仕途也并没有就此一帆风顺。他屡遭贬谪，始终难以实现胸中的报复，一生中最荣耀的时候，也只是晚年被宋宁宗召入京城，主持编辑整理史料而已。

也正因为此，他才会在临终之际，留下《示儿》诗中的喟叹：

> 死去元知万事空，但悲不见九州同。
> 王师北定中原日，家祭无忘告乃翁。

只有香如故

时至今日,陆游首先仍是以爱国诗人的形象出现在我们面前的。除《示儿》外,在他另一首脍炙人口的诗作《书愤》中,我们也可以窥见他心中的壮志:

> 早岁那知世事艰,中原北望气如山。
> 楼船夜雪瓜洲渡,铁马秋风大散关。
> 塞上长城空自许,镜中衰鬓已先斑。
> 出师一表真名世,千载谁堪伯仲间!

一代名相诸葛亮在北伐之际写下了千古名作《出师表》,对于力图恢复大计的陆游来说,诸葛丞相简直就是他的偶像。想到早年间的金戈铁马,很多场景虽然并不是亲身经历,却在陆游的遥想中荡气回肠,成了他最魂牵梦绕的部分。

他想做诸葛亮,想要运筹帷幄之中、决胜千里之外,但除了自己称许壮志之外,并没有别人给他这样的机会。转眼之间,镜中之人已经满头白发了,只能无奈地叹息道:年轻时真是不懂世事的艰难啊!

这首诗虽然写得悲凉,但前有豪气冲天的战斗场景润色,后有光芒万丈的《出师表》撑着,并没有显得那么颓丧。而他另一首作于晚年的《诉衷情》,则真是沉痛到了极点:

> 当年万里觅封侯,匹马戍梁州。关河梦断何处,尘暗旧貂裘。　　胡未灭,鬓先秋,泪空流。此生谁料,心在天山,身老沧洲。

当年自己匹马奔赴南郑(古梁州)之际,何等意气风发!冒着酷暑严寒,在崎岖山路间策马前行,身披铁甲,手刺猛虎。虽然生活条件艰苦,但内心却无比充实,不像现在一样闲坐着无事可干,只能对着镜中的白头翁独自流泪。

结尾句中的"沧洲"并不是今天的河北沧州,而是指靠近水的地方，代指隐士的居处。而"天山"，自然指的是抗敌的前线。人生中最痛苦的莫过于此，理想与现实无法匹配，有志难伸，寂寞终老。

当然，陆游的词中不仅有这般的悲凉沉痛，也有如《卜算子·咏梅》一样在愁苦中的矢志不渝：

> 驿外断桥边，寂寞开无主。已是黄昏独自愁，更著风和雨。　　无意苦争春，一任群芳妒。零落成泥碾作尘，只有香如故。

陆游年轻时跟着朱敦儒学习过，这首词也带点儿朱敦儒《卜算子》的影子。相比于朱敦儒词中的闲适、自在，陆游这首词更多地表现了愁苦与不屈。在陆游词中，梅花处于十分不幸的境地，"春"与"群芳"本是美好的，但是此处却借指丑恶流俗，只有梅花无意争春，高洁自守，即使化为尘土，依然不改清香。

细细品味，我们还能读出其中蕴含的一丝无奈。"只有香如故"，没有人关心你的不屈，你的壮志，你的暗自坚持与矢志不渝，只有那么一点点香味，会侥幸留下来。

陆游现存诗词近万首，除了喜好附庸风雅、总爱题诗题字的乾隆皇帝，在作品数量上无人能与之匹敌。他一生中的喜怒哀乐、功名事业，可以说都在这"六十年间万首诗"中了。这点儿香气岂止是留了下来，直至今日，仍然芳香如故。

不堪幽梦太匆匆

除了以爱国诗人的形象出现，陆游最为人津津乐道的，自然是那首写给唐婉的《钗头凤》：

> 红酥手，黄縢（téng）酒，满城春色宫墙柳。东风恶，欢情薄，一怀愁绪，几年离索。错、错、错！　　春如旧，人空瘦，泪痕红浥（yì）鲛（jiāo）绡（xiāo）透。桃花落，闲池阁。山盟虽在，锦书难托。莫、莫、莫！

陆游二十岁左右时和唐婉结婚，两人十分恩爱。在六十三岁时，陆游还追忆起当时唐婉亲手给自己做了一个菊花枕，以便安神清脑。然而天意弄人，二人并未携手到老，"人间万事消磨尽，只有清香似旧时"（《偶复采菊缝枕囊，凄然有感》），万事消磨，物是人非，只是徒剩怀念罢了。

这一段未圆满的姻缘始终是陆游的心结。唐婉是陆游的表妹，按理来说，陆母应该对这桩婚事很满意。但事实却正相反，陆母一再压迫，要求二人离婚。陆游不敢违背母亲的主张，两人最终被迫分开，各自有了新的家庭。

几年之后，陆游到沈园游览，正巧碰到了已为他人妇的唐婉。往事刹那间涌上心头，千言万语奔到嘴边，一时却不知从何说起。二人匆匆会面，又匆匆别离了。

沈园位于山阴城东南，是当地名胜，此时春光明媚，正是游赏时节。然而，陆游早已无心观景，他望着小桥那头渐渐消失的背影，借酒消愁，挥毫泼墨，在一旁的粉壁上写下了这首《钗头凤》。

传说唐婉也看到了这一首词，并在一旁和了一首：

> 世情薄，人情恶，雨送黄昏花易落。晓风干，泪痕残。欲笺心事，独语斜阑。难，难，难！　　人成各，今非昨，病魂常似秋千索。角声寒，夜阑珊。怕人寻问，咽泪装欢。瞒，瞒，瞒！

我们无法确认这首词的真实性,但不久之后,唐婉就抑郁而终了。

然而故事还没有结束。

六十八岁时,陆游重游沈园,看到当年题写《钗头凤》的墙壁已经损坏,文字也逐渐漫灭,不禁感慨:"坏壁醉题尘漠漠,断云幽梦事茫茫。"(《禹迹寺南有沈氏小园》)

七十五岁时,陆游再游沈园,追思往事,触景伤怀,于是写道:"伤心桥下春波绿,曾是惊鸿照影来。"(《沈园》)

八十一岁时,陆游夜梦沈园,哀叹:"玉骨久沉泉下土,墨痕犹锁壁间尘"(《十二月二日夜梦游沈氏园亭》),当年题写的墨痕还在,但是玉人早已香消泉下。

八十四岁时,行将就木的陆游最后一次来到沈园凭吊,一个人讲完了两个人的故事:"也信美人终作土,不堪幽梦太匆匆"(《春游》)。一年之后,他也去世了。

因缘际会，忽然相遇；造化弄人，转眼别离。人世间的事本就如此，正如欧阳修在词中所写的那样："人生自是有情痴，此恨不关风与月。"

有情之人，辄寄深慨。

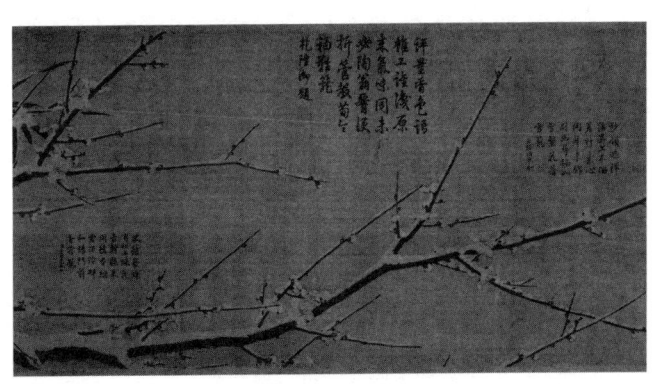

宋·徐禹功《雪中梅竹图》（局部）

必背佳作

卜算子① 咏梅

驿外断桥边,寂寞开无主。已是黄昏独自愁,更著②风和雨。　　无意苦争春,一任群芳妒。零落成泥碾作尘,只有香如故。

〔注释〕

①卜算子:词牌名。调名本意为歌咏占卜测算的小曲。②著:同"着",遭受,经受。

〔翻译〕

驿站外的断桥边,梅花寂寞地绽放,无人照料。暮色已降临,梅花独自品味着愁苦,却又遭到了风雨的摧残。

我也和梅花一样,并不想费尽心思去争宠斗艳,对百花的妒忌排斥毫不在乎。即使凋零陨落,被轧烂压碎化作尘土,依然和往常一样,倔强地发出缕缕清香。

张孝祥

天上张公子

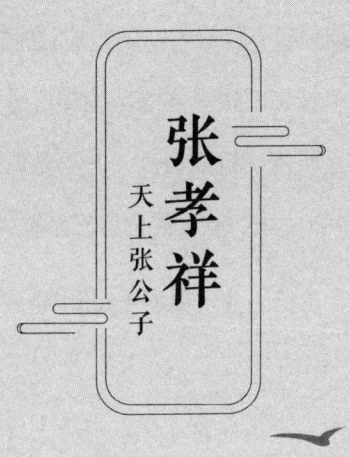

机缘巧合状元郎

宋高宗绍兴二十四年(1154年),在陆游三战科举落榜之际,另一位名叫张孝祥的考生却机缘巧合地夺得了状元头衔。之所以说机缘巧合,并不是说这位考生才学不够,而是在此之前,状元的位置已经被"内定"了。

这一年,秦桧的孙子秦埙(xūn)也要参加科举。之前提到过,秦桧虽然是个大奸臣,但对于子女的文化教育却抓得很紧。秦埙颇有才学,中进士可以说是手到擒来,但爷孙俩一合计,有了更宏大的目标:我们秦家要出一个状元!

在漫长的中国历史上,状元可绝对是个稀缺品,一般每三年才出一个。无数考生寒窗苦读数十年,为的就是金榜题名、学优则仕,而位于科举考试最顶端的状元,则更是有"人间万姓仰头看"的巨大殊荣。秦埙虽然有才,但要和全国的优秀人才竞争这个第一名,心里也没底。这时秦桧一拍胸脯：怕什么，有我呢！

果然，有了秦桧的暗箱操作，秦埙的科举之路可谓一路绿灯，以优异名次进入了殿试。殿试由皇帝裁定最终名次，秦桧早就打点好了考官，把秦埙的卷子放在了第一名的位置，只要高宗皇帝御笔一挥，老秦家就可以光宗耀祖了。

高宗皇帝接过大臣们初步拟定好靠前名次的卷子，仔细地翻阅起来，一旁随侍的秦桧自然是小心脏怦怦跳。皇帝看了一张，又放下一张，始终一言不发。秦桧的心跳得更快了，隐隐中却有些期待：只要皇帝看完这些卷子还不发话，那么大概就会遵循已经拟定好的名次！

然而，当高宗皇帝翻到第七张卷子时，秦桧最担心的事情发生了，高宗皇帝一拍桌子，高兴地赞叹道："这个叫张孝祥的考生，才是本朝真正的状元！"

听闻此语，秦桧的整颗心都跌进了谷底，但高宗皇帝还在不停地赞叹："你看这文章写得多有气势！你看这诗写得多有味道！还有这字，大有颜真卿的风范，妙啊！"

到了新科状元前来晋见的时候，秦桧的"柠檬精"本体便毕露无遗了，他用酸溜溜的语气问张孝祥："皇上不仅喜欢你写的文章，还喜欢你的诗和书法，不知道你学的是哪一家啊？"

张孝祥不失恭谨地回答道："我学的是颜体字，平时常常看杜甫的诗。"

秦桧脸上突然露出阴阳怪气的笑容："哼，天下的好事，都被你一个人占尽了。"这话说得没头没脑，但明眼人都能看出来，秦桧这是在嫉妒张孝祥抢了他们秦家的状元。

张孝祥中状元时才刚刚二十三岁，少年状元披红簪花、策马游街，不仅是一时的风光，更足以成为一辈子的谈资。有个故事讲，张孝祥外出做官之后，有一次大宴宾客，有歌伎唱起了北宋词人陈济翁的一首《蓦山溪》。当唱到"金杯酒，君王劝。头上宫花颤"一句时，张孝祥忍不住摇头晃脑起来,仿佛宫花就在自己头上颤动一般。

看到他这副样子,满座宾客都不禁抿嘴笑了起来,而张孝祥还沉醉在状元及第时的风光场面里,自然是什么都觉察不到了。

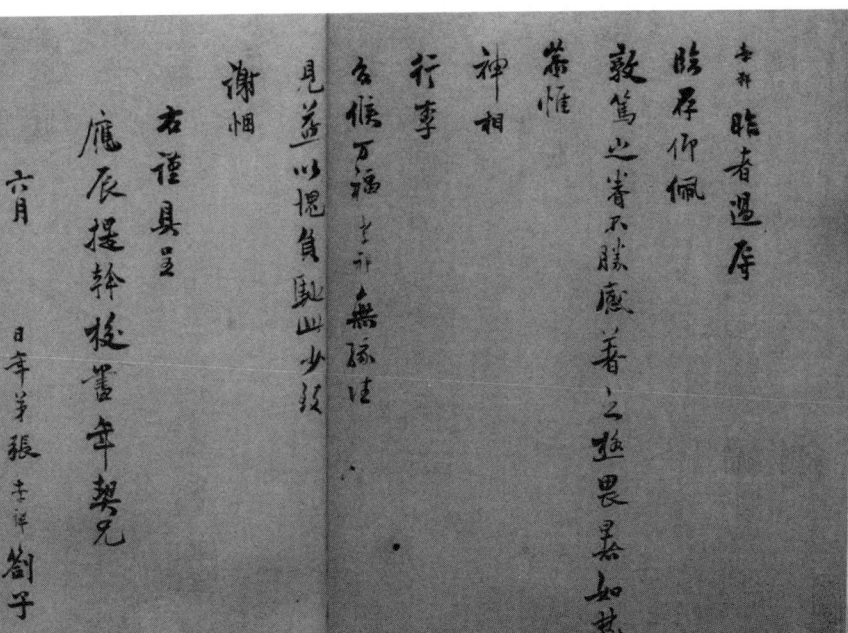

张孝祥手书《临存帖》

豪壮典丽似东坡

张孝祥非常倾慕苏轼,每次写了诗文都会问他的门人:"我这篇作品比起苏东坡怎么样?"门人因此称呼他为"过东坡"。

我们今天看这段故事,当然会觉得张孝祥有些过于狂妄,但必须承认的是,张孝祥确实有与苏东坡相提并论的资本。后世论宋人豪放词,言必称"苏辛",但在苏轼和辛弃疾之间,也少不得提一提张孝祥的名字。

张孝祥有一首《念奴娇》,就写得非常出色:

洞庭青草,近中秋,更无一点风色。玉界琼田三万顷,着我扁舟一叶。素月分辉,明河共影,表里俱澄澈。悠然心会,妙处难与君说。　　应念岭表经年,孤光自照,肝胆皆冰雪。短发萧骚襟袖冷,稳泛沧溟空阔。尽挹西江,细斟北斗,万象

为宾客。扣舷独啸，不知今夕何夕。

洞庭湖，古称云梦、九江、重湖等，历史上曾是长江流域最大的湖泊，无数文人墨客都留下过题咏洞庭湖的名作。这首《念奴娇》，就是张孝祥结束了一段贬谪生活后，于中秋之际泛舟洞庭湖时所作。

八月的洞庭湖水波不兴，面对浩浩汤汤、一碧万顷的湖水，张孝祥觉得自己仿佛身处在一片白玉世界中。皎洁的月光照在水面，水里月是天上月，天上的银河也落在水中，上上下下没有一丝浑浊，作者的内心也仿佛变得如此纯净。

杜甫有诗云："心迹喜双清。"而这首词中的"表里俱澄澈"，恰可与之合为一副对联。张孝祥不仅是在写眼前所见之景，更是在写自己光明磊落、表里如一的品格。此情此景完美交融，悠然领会于心，旁人又如何能得知呢！

月亮孤悬于天际，正如作者心事无人能解。张孝祥虽然遭到贬谪，但却"肝胆皆冰雪"，始终坦坦荡荡、问心无愧。于是，他豪情迸发，以自己为主人，万象为宾客，用星斗作酒器，尽挹（yì）长江之水，想象之奇绝，直追李太白。

清人王闿（kǎi）运评价此词："飘飘有凌云之气，觉东坡《水调》犹有尘心。"苏轼的《水调歌头·明月几时有》已是千古绝唱，但在王闿运看来，若论超凡脱俗，张孝祥的这首《念奴娇》甚至还要胜于东坡呢。

后人评价张孝祥的词"豪壮典丽"，有东坡之风，其实不仅词作如此，他与东坡的个性也颇多相似之处。张孝祥喜欢凭借激情进行创作，往往于宴饮酣畅之际即兴落笔，情感连贯，热情洋溢，很能打动人，这首《六州歌头》即是一例：

> 长淮望断，关塞莽然平。征尘暗，霜风劲，悄边声。黯销凝。追想当年事，殆天数，非人力；洙泗上，弦歌地，亦膻腥。隔水毡乡，落日牛羊下，区脱纵横。看名王宵猎，骑火一川明，笳鼓悲鸣，遣人惊。　念腰间箭，匣中剑，空埃蠹，

竟何成！时易失，心徒壮，岁将零。渺神京。干羽方怀远，静烽燧，且休兵。冠盖使，纷驰骛，若为情！闻道中原遗老，常南望、翠葆霓旌。使行人到此，忠愤气填膺，有泪如倾。

张孝祥在词中痛感防备空虚、敌势猖獗，尤恨于朝廷媚敌求和之举。据说他作此词时，南宋抗金名臣张浚也在席中，竟被感动得热泪盈眶，以至于掩袂离席。词作感人之深，竟至于是。

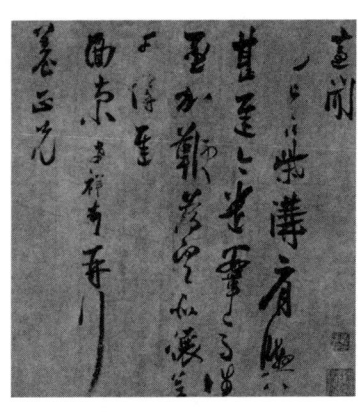

张孝祥手书《柴沟帖》

文采风流紫微仙

张孝祥不仅诗词文俱佳,还写得一手好字。南宋魏了翁曾见过张孝祥手书的《念奴娇》这首词,他对这位前辈敬佩得五体投地,评论道:"方其吸江酌斗,宾客万象时,讵知世间有紫微青琐哉!"

"紫微"和"青琐"都代指朝廷,引申为功名富贵。张孝祥曾担任中书舍人,因为唐代时中书省又称紫微省,在中书省任官者称为紫微郎,所以人们沿袭旧称,有时也称他为张紫微。

他在京口任职时,还留有这样一段佳话。当时正值多景楼落成,有人请他题写匾额,并送来二百两银子作为润笔,他推辞不收,只是要了百匹红罗,然后大开宴席,将红罗都分给了唱曲的歌伎们。

像这样一个文采风流、气度非凡的才子,原本可以留下更多传说,但遗憾的是,他在三十八岁那年,突然就得急病去世了,据周密《齐东野语》说,死因居然是中暑。

南宋的另一位状元王十朋非常欣赏张孝祥其人,曾经写诗这样称赞他:

> 天上张公子,少年观国光。
> 高名一枝桂,遗爱六州棠。
> 出世才成佛,修文遽作郎。
> 长沙屈贾谊,宣室竟凄凉。

正如诗中所写,张孝祥就像是来自天上的一颗流星,留下了几篇不朽的文墨后便匆匆消失。在张孝祥去世许多年后,词人刘过曾写过一首题为《上张紫微真仙》的诗,对他大加赞扬。在刘过看来,像张孝祥这么出色的人才之所以早早离世,一定是羽化登仙了。

张孝祥虽然离去了,但之后很久很久,江湖仍有他的传说。

必背佳作

六州歌头①

长淮②望断,关塞莽然平③。征尘暗,霜风劲,悄边声④。黯销凝⑤。追想当年事⑥,殆⑦天数,非人力;洙泗上,弦歌地,亦膻腥⑧。隔水毡乡⑨,落日牛羊下⑩,区脱纵横⑪。看名王宵猎⑫,骑火⑬一川明,笳鼓⑭悲鸣,遣人惊。　念腰间箭,匣中剑,空埃蠹⑮,竟何成!时易失,心徒壮,岁将零。渺神京⑯。干羽方怀远⑰,静烽燧⑱,且休兵。冠盖使,纷驰骛,若为情⑲!闻道中原遗老,常南望、翠葆霓旌⑳。使行人到此,忠愤气填膺㉑,有泪如倾。

〔注释〕

①六州歌头：词牌名。北宋新声，音调悲壮，又常论兴亡之事，使人闻之怅慨。②长淮：指淮河。宋高宗绍兴十一年（1141年）与金人和议，以淮河为分界线。③关塞莽然平：草木茂盛，与关塞平齐。形容边备松弛。莽然，草木茂盛之貌。④征尘暗，霜风劲，悄边声：飞尘阴暗，寒风猛烈，边声悄然。暗指南宋当局放弃了抵抗，一味对敌人退让求和。⑤黯销凝：感伤出神的样子。黯，颜丧黯然。⑥当年事：指靖康之乱。⑦殆：几乎，差不多。⑧洙泗上，弦歌地，亦膻（shān）腥：连孔子故里这样的礼乐之邦也陷于敌手。洙、泗，鲁地二水名，流经曲阜（春秋时鲁国国都，今山东曲阜，孔子曾在此讲学）。弦歌，借指礼乐文化的熏陶。《论语·阳货》："子之武城，闻弦歌之声。"邢昺（bǐng）疏："时子游为武城宰，意欲以礼乐化导于民，故弦歌。"膻，腥气。⑨毡乡：指金国。北方少数民族常住在毡帐里，故称毡乡。⑩落日牛羊下：《诗经·王风·君子于役》："日之夕矣，羊牛下来。"这里指日落时分金人生活区的场景。⑪区（ōu）脱纵横：布满了堡垒据点。区脱，匈奴语称边境屯戍或守望之处。⑫名王：指敌方将帅。宵猎：夜间打猎。⑬骑火：举着火把的马队。⑭笳鼓：笳声与鼓声，借指军乐。⑮埃蠹（dù）：尘掩虫蛀。蠹，泛指蛀蚀器物的虫子。⑯渺神京：收复汴京更为渺茫。神京，指北宋都城汴京。⑰干羽方怀远：用文德以怀柔远人，此处指放弃武备，向敌人求和。干羽，干盾和翟羽，原指舞蹈乐具，借指文德教化。⑱静烽燧（suì）：边境平静，没有战事。烽燧，即烽烟。⑲冠盖

使:穿着冠服乘着车求和的使者。纷驰骛(wù):奔走忙碌,往来不绝。若为情:何以为情,怎么好意思呢!⑳翠葆霓旌:指帝王仪仗。翠葆,以翠鸟羽毛为饰的车盖。霓旌,像霓虹一样多彩的旌旗。㉑填膺(ying):塞满胸怀。

〔翻译〕

伫立在长长的淮河岸边极目远望,多年不修武备,草木茂盛得几乎与关塞平齐。北伐的征尘早已暗淡,寒风猛烈,边声悄然,我也不禁黯然,感伤出神。追想当年中原沦陷,恐怕是天意所致,并非人力可以扭转;昔日孔门弟子求学的洙水、泗水边,曾经弦歌交奏的礼乐之邦,如今也沦落敌手,变得膻腥一片。隔河相望是敌军的毡帐,他们在落日之下驱赶着牛羊归栏,周围纵横布置着堡垒据点。看着金兵将领在夜间出猎,一队队骑兵手持火把照亮整片平川,胡笳和鼓角发出悲壮的声音,令人胆战心惊。

可惜啊!我腰间的弓箭、匣中的宝剑,白白遭受了蠹虫侵蚀和尘埃污染,满怀的壮志竟无法施展。时机容易错过,内心突然雄壮,又是一岁将尽,光复汴京的希望更加渺茫。朝廷只知一味求和,边境烽烟宁静,敌我暂且休兵。冠服乘车的使者,纷纷地往来奔驰,此情此景,实在让人羞愧得难为情!我听说留在中原地区的父老,常常望向南边的朝廷,盼望着皇帝的翠盖车队彩旗重返故土。使得行人来到此地,一腔忠愤,怒气填膺,热泪如倾。

辛弃疾
鹏翼垂空

宝剑吴钩真本色

宋高宗绍兴三十二年（1162年）的一天，山东济州城内，张安国正在宴请宾客。他本是抗金义军中的一个头目，不久前因为杀害同伴投降金国，才换来了今天的荣华富贵。尽管背叛了同伴心里有些不安，但张安国也并没有太在意，毕竟手里握有几万大军，又有谁敢来找自己的麻烦？

突然，外面传来一阵喧哗，张安国喝得醉醺醺的，有些生气地朝外面大喊："吵什么吵，怎么回事！"话音未落，一群全副武装的兵士便破门而入，为首的一个英气少年怒目圆睁，指着张安国破口大骂："张安国！我来取你的狗命！"看清了来人的面貌，张安国吓得瘫在了地上，连话都说不利索了："辛弃疾，你……你怎么……"一群人把张安国捆起来，然后策马杀出城去，守门的士兵还没回过神来，辛弃疾他们就已经押着叛徒跑远了。

原来，辛弃疾此行正是为同伴报仇来的。他不愿屈从金人的统治，便跟随好友举起了抗金的义旗，可就在他刚刚与南宋朝廷取得联络之时，却突然听到了张安国杀害同伴的讯息。辛弃疾怒不可遏，就出了这么一支奇兵，把张安国从万军中劫了出来。

辛弃疾擒敌归宋的壮举很快就传遍了大江南北，就连皇帝也忍不住再三赞叹。这一年，他才二十三岁。而正如这段传奇般的经历一样，宝剑与吴钩，从此成了辛弃疾一生的真本色。

在《水龙吟·登建康赏心亭》中，辛弃疾写道：

> 楚天千里清秋，水随天去秋无际。遥岑远目，献愁供恨，玉簪螺髻。落日楼头，断鸿声里，江南游子。把吴钩看了，栏杆拍遍，无人会，登临意。　　休说鲈鱼堪脍，尽西风，季鹰归未？求田问舍，怕应羞见，刘郎才气。可惜流年，忧愁风雨，树犹如此！倩何人唤取，红巾翠袖，揾英雄泪！

此时的辛弃疾已南归多年，却一直被闲置不用。这一日他登高望远，想起已成半壁的山河，更加痛惜自己老大无成，可即使看尽吴钩、拍遍栏杆，又有谁能明白自己的报国之意呢？

而在另一首更加著名的《破阵子·为陈同甫赋壮词以寄》中，他"醉里挑灯看剑"，追忆的仍是少年时那份杀敌报国的激情：

> 醉里挑灯看剑，梦回吹角连营。八百里分麾下炙，五十弦翻塞外声。沙场秋点兵。　　马作的卢飞快，弓如霹雳弦惊。了却君王天下事，赢得生前身后名。可怜白发生！

词里所写的那位披肝沥胆、勇往直前的将军，不就是辛弃疾自己吗？可惜呀，鬓角白发已生，年华顷刻老去，这从词中一字一字喷薄出来的沉雄之气，又有谁能领会呢！

少年壮志老来悲

辛弃疾率义军南归,满以为能有机会领军抗击金兵,谁知畏敌如虎的宋高宗惧怕义军闹事,竟然将他们分散在淮南众多州县中。而辛弃疾那些充满激情的抗金檄文和行动方案,也根本无人理睬。

宋高宗是个没什么抗金决心的投降派,等宋孝宗即位之后,朝野上下顿时又弥漫起一股主战之风。辛弃疾觉得自己的机会来了,先作《美芹十论》,又作《九议》,上书力主抗金。

然而在经历了"符离之败"后,宋孝宗的北伐热情也消磨得差不多了,辛弃疾的奏议再次被冷落一旁,他本人也只能担任转运使、安抚使一类的地方官职,负责管理民政和治安,连金人的影子都看不到。

百无聊赖的辛弃疾只好写词排遣心中的苦闷,淳熙元年(1174年)中秋,南归已经整整十二年的辛弃疾,写下了另一首名作《太常引·建康中秋夜为吕叔潜赋》:

一轮秋影转金波，飞镜又重磨。把酒问姮（héng）娥：被白发、欺人奈何？　　乘风好去，长空万里，直下看山河。斫（zhuó）去桂婆娑，人道是、清光更多。

面对一轮圆月，辛弃疾的心中却殊无欢愉可言，因为此时的大宋江山已非完璧，白发欺人，英雄报国无门的沉痛跃然纸上。

在词的下阕，辛弃疾幻想自己能够插上翅膀砍掉月亮上的桂树，这样，月亮也许能洒下更多光辉。阻碍月亮光辉的桂树，比喻的显然就是阻挡北伐大业的奸邪小人。

少年壮志老来悲，曾经不知愁为何物的少年，现在终于体会到了现实的沉重，就像他在《丑奴儿》中写的那样：

少年不识愁滋味，爱上层楼。爱上层楼，为赋新词强说愁。　　而今识尽愁滋味，欲说还休。欲说还休，却道天凉好个秋！

少年时涉世未深，故作深沉情态，而今满腹愁苦，却已无处倾诉。两度"欲说还休"，所有的愁苦终究只能自己咽下，然后吐出"天凉好个秋"这样平淡至极的句子。后面的话虽然没出口，但我们都能咀嚼出其中的沉痛。

在辛弃疾还对朝廷抱有希望时，他也写过一些充满热情的句子，比如这首《满江红》：

> 鹏翼垂空，笑人世、苍然无物。还又向、九重深处，玉阶山立。袖里珍奇光五色，他年要补天西北。且归来、谈笑护长江，波澄碧。　　佳丽地，文章伯。金缕唱，红牙拍。看尊前飞下，日边消息。料想宝香黄阁梦，依然画舫青溪笛。待如今、端的约钟山，长相识。

不知老年稼轩重读自己昔日所作的壮词时，又是一番怎样的心情呢？

登临京口,怀古伤今

京口,即今天的江苏镇江,北临大江,南据峻岭,扼水陆津要,其安危常常决定偏安朝廷的存亡,历来为兵家所重。

三国时期,这里曾经是孙吴的政治中心,《三国演义》中著名的"刘备招亲"故事,就发生在京口的北固山。晚年的辛弃疾在出任镇江知府期间,曾数次登临此地,留下了两首名传后世的怀古之作。

其中的一首《南乡子·登京口北固亭有怀》中,是这么写的:

> 何处望神州?满眼风光北固楼。千古兴亡多少事?悠悠。不尽长江滚滚流。　年少万兜鍪(móu),坐断东南战未休。天下英雄谁敌手?曹刘。生子当如孙仲谋。

这首词三问三答，相互呼应，借古喻今，写孙权英气勃发，敢与当时的另外两位英雄曹操、刘备相争，讽刺的自然是不思进取的南宋小朝廷。

"生子当如孙仲谋"原本是曹操的话，辛弃疾却借来抒发自己的心声。历史上的孙权，虽然继父兄之业，却能雄踞江东，成为一方霸主，而南宋偏安日久，已经经历了几代皇帝，竟没有一个能和孙权一样奋发进取，岂不可悲！

在另一首《永遇乐·京口北固亭怀古》中，辛弃疾再次提到了孙权：

> 千古江山，英雄无觅，孙仲谋处。舞榭歌台，风流总被雨打风吹去。斜阳草树，寻常巷陌，人道寄奴曾住。想当年，金戈铁马，气吞万里如虎。　　元嘉草草，封狼居胥，赢得仓皇北顾。四十三年，望中犹记，烽火扬州路。可堪回首，佛狸祠下，一片神鸦社鼓。凭谁问，廉颇老矣，尚能饭否？

此时的辛弃疾南归已经整整四十三年了,他依然怀念着当年金戈铁马的生活。回忆起古来建功立业的英雄,反思着几次战事的功过得失,辛弃疾心潮澎湃,觉得自己还像廉颇一样老当益壮,希望重被朝廷启用。

廉颇是我们所熟知的"将相和"故事的主角,他老年时闲居在家,赵王想任用他,但又怕他年老体衰,就派使者去看他的情况。廉颇听说使者来了,激动得不得了,饱餐一顿之后就披挂上马,展示了一番好武艺,以表示自己还精力充沛。

可使者回去之后并没有照实说明,而是污蔑廉颇身体已经不行了。赵王听了之后,便放弃了任用他的想法。

然而无论如何,赵王还能想起廉颇来,对于辛弃疾而言,哪还有人在意他呢!

关于这首《永遇乐》,还有一个有趣的故事。岳飞的孙子岳珂是辛弃疾的好朋友,有一次参加宴饮,辛弃疾命歌伎唱了这首词,接着便要求大家提意见。来客大都客套一番，只有年轻气盛的岳珂说："您的这首词连用四个典故，是不是有点儿太多了？"

辛弃疾听了眼睛一亮，高兴地给岳珂斟了一杯酒，口中道："岳公子果然大才，这正是我的毛病所在啊！"

辛弃疾的词的确常常用典过多，但多数典故都用得妥帖自然，比方说上面这个廉颇的典故，就很生动地表达了自己有志难伸的愤懑。用典是不成问题的，但关键是要用得巧妙，不然就难免招来"掉书袋"的讥讽了。

必背佳作

水龙吟 登建康赏心亭①

楚天千里清秋,水随天去秋无际。遥岑②远目,献愁供恨,玉簪螺髻③。落日楼头,断鸿声里,江南游子。把吴钩看了,栏杆拍遍,无人会,登临意。　　休说鲈鱼堪脍,尽西风,季鹰归未④?求田问舍,怕应羞见,刘郎才气⑤。可惜流年,忧愁风雨,树犹如此⑥!倩何人唤取,红巾翠袖⑦,揾⑧英雄泪!

〔注释〕

①水龙吟:词牌名,又名《水龙吟令》《水龙吟慢》《鼓笛慢》等。②遥岑(cén):远山。③玉簪螺髻(jì):玉质的簪子,海螺形状的发髻。这里用来比喻形状不同的山岭。以上三句,作者采取了移情及物的手法,分明是自己北望故国心中愁苦,却写远山"献愁供恨"。此外,作者极写远山之美,

远山越美,越引发愁与恨。④"休说鲈鱼堪脍"三句:典出《晋书·张翰传》。亦见于《世说新语·识鉴》:"张季鹰辟齐王东曹掾(yuàn),在洛,见秋风起,因思吴中菰菜、莼羹、鲈鱼脍,曰:'人生贵得适意尔,何能羁宦数千里以要名爵?'遂命驾便归。"后来的文人将思念家乡称为"莼鲈之思"。季鹰,张翰的字。⑤"求田问舍"三句:典出《三国志·魏书·陈登传》。许汜(si)谒见名士陈登,陈登毫无待客之意,自己高卧大床之上,却让许汜睡在下床。许汜将此事告知刘备,言谈中对陈登颇有非议。谁知刘备却反唇相讥,认为许汜虽有国士之名,却趁着天下大乱之际置地买房,毫无救世之意。如果换做自己招待许汜,就睡在百尺楼上,相较之下,陈登待客之礼已经算是周到了。刘郎才气,称赞刘备的胸怀气魄。⑥树犹如此:庾信《枯树赋》:"树犹如此,人何以堪!"此处是作者无路报国、虚度时光的感慨。⑦红巾翠袖:代指女子。⑧揾(wèn):擦拭。

〔翻译〕

辽阔的楚地天空,一派凄清秋色,长江之水向天边流去,秋色无边无际。极目眺望形状不同的北国崇山峻岭,好似碧玉发簪和螺形发髻,仿佛都在传送幽愁暗恨。夕阳西下之际,孤雁悲啼声里,我这个流落江南的游子独自站立楼头。手里不住地把玩着吴钩,来回徘徊着拍遍栏杆,也没人能理会我此番登临的心中所想。

不要提什么家乡的鲈鱼精细味美,尽管秋风起了,我也不会像张翰那样归去。更不想像许汜那样只顾贪恋土地田舍,那样会羞于拜见雄才大气的刘备。可惜啊,时光如水般流逝,国势还在风雨飘摇之中,怎能不让人深感忧愁,发出"树犹如此"的感慨!叫谁去请来那些身着红巾翠袖的歌女,为我擦掉英雄失意时流下的眼泪!

永遇乐 京口北固亭怀古①

千古江山,英雄无觅,孙仲谋处。舞榭歌台②,风流总被雨打风吹去。斜阳草树,寻常巷陌③,人道寄奴④曾住。想当年,金戈铁马,气吞万里如虎⑤。　　元嘉草草⑥,封狼居胥⑦,赢得仓皇北顾。四十三年⑧,望中犹记,烽火扬州路。可堪回首,佛狸祠⑨下,一片神鸦社鼓。凭谁问,廉颇老矣,尚能饭否?

〔注释〕

①永遇乐：词牌名，始见于柳永《乐章集》。②舞榭（xiè）歌台：演出歌舞的台榭，这里代指旧时孙吴的宫殿。③寻常巷陌：普通的街道小巷。寻常，古代指长度，八尺为寻，倍寻为常，引申为普通、平常。④寄奴：南朝宋武帝刘裕的小名。刘裕在京口出生。⑤"想当年"三句：刘裕曾两次领兵北伐，占领洛阳、长安等地。金戈铁马，指代精锐的部队。⑥元嘉草草：指宋文帝元嘉年间仓促的北伐。刘裕之子宋文帝刘义隆好大喜功，仓促北伐，受到北魏太帝拓跋焘的重创。词中用"元嘉北伐"失利之事，影射南宋的"隆兴北伐"。⑦封狼居胥：汉武帝时，霍去病远征匈奴，歼敌七万余，祭天封礼于狼居胥山。狼居胥山，在今蒙古国境内。宋文帝北伐前，曾召王玄谟陈说北伐的策略，夸口道："闻王玄谟陈说，使人有封狼居胥意。""封狼居胥"不仅象征着功绩，也是对自不量力者最大的讽刺。⑧四十三年：作者于绍兴三十二年（1162年）南归，到写这首词时正好四十三年。⑨佛（bì）狸祠：北魏太武帝拓跋焘，小名佛狸。他抓住宋文帝北伐失利进行反击，两个月的时间里，从黄河北岸一直打到长江北岸，并建立行宫，即后来的佛狸祠。

〔翻译〕

历经千古,江山依旧,昔日割据一方的英雄孙仲谋却已无处寻觅。昔日繁华的舞榭歌台,以及英雄的流风余韵,总会随着无情风雨的吹打逝去。斜阳残照中的草树,普通百姓的街巷,人们说宋武帝刘裕曾在此居住。遥想当年,他指挥着精锐部队,气势强劲如吞万里,一如猛虎。

可惜啊,元嘉年间的北伐多么轻率鲁莽,宋文帝想建立封狼居胥的不朽战功,却落得个仓皇逃命、北望追兵的下场。还记得四十三年前南归之际,我途经扬州路,到处都是烽烟战火。真是不堪回首啊,昔日北魏太武帝拓跋焘的行宫下,乌鸦的叫声应和着喧闹的社鼓。廉颇将军年纪虽老,还有赵王询问他的身体是否强健如故,可惜没有人这样询问我啊!

陈亮

拔剑斩马首的狂生

我的一个狂生朋友

就在辛弃疾杀敌南归、扬名天下的那一年,浙江婺州也有一个刚满十九岁的年轻人,通过另一种方式小小地出了名。

这位年轻人名叫陈亮,从小便才气超迈,喜谈兵事,他反思历代古人用兵之成败,写下了《酌古论》二十篇。当时的婺州郡守周葵看了这个年轻人的文章,大为赞叹,立即将他奉为上客,并称赞他为"他日国士也"。

当然,陈亮毕竟只是纸上谈兵,没有真正上过战场,因此他听说了辛弃疾的英雄事迹后,激动地不远千里赶到辛弃疾的住处,想要拜访拜访这位传奇人物。南宋赵溍(jìn)在《养疴(kē)漫笔》中,就记录了这次颇有豪侠色彩的会面。

这天,辛弃疾正倚楼闲坐,突然见到远处一个年轻人骑马而来。转眼之间,一人一骑就到了小河边。因为无法过桥,年轻人便催促马直接过河。但河水湍急,马跃起一次,又停住一次,反复再三,迟疑着不肯下水。

辛弃疾心中不禁有些好奇,想看看来人如何降服这匹马,然而他始料未及的是,年轻人突然大怒下马,抽出佩剑一刀便砍向了马首。骏马应声仆地,辛弃疾也大惊失色,不由赞叹一声:"真狂士也!"

这位年轻人就是陈亮,他对辛弃疾佩服之至,而辛弃疾也因为此事对他另眼相看。两人从此订交,成为一辈子的好朋友。

陈亮是个狂生,他屡次三番得罪别人,好几次陷身囹圄差点儿送命,都多亏辛弃疾鼎力相助,才得以逃出生天。

两人最让人感动的一段故事,发生于淳熙十六年(1188年)。这一年,辛弃疾生了重病,卧床在家多日。陈亮听说后,便冒雪驱驰数百里去看望他。"最难风雨故人来",辛弃疾自然无比兴奋,两人纵酒谈笑一连数日,因为心情欢畅,辛弃疾的病竟也奇迹般地好了。

辛弃疾有一首《贺新郎》，记录的就是两人的这次会面：

老大那堪说。似而今、元龙臭味，孟公瓜葛。我病君来高歌饮，惊散楼头飞雪。笑富贵，千钧如发。硬语盘空谁来听？记当时、只有西窗月。重进酒，换鸣瑟。　　事无两样人心别。问渠侬：神州毕竟，几番离合？汗血盐车无人顾，千里空收骏骨。正目断关河路绝。我最怜君中宵舞，道"男儿到死心如铁"。看试手，补天裂。

围绕这首词，两人一连唱和数次，成了词坛的一段佳话。其中，陈亮的一首《贺新郎》这样写道：

老去凭谁说？看几番、神奇臭腐，夏裘冬葛！父老长安今余几？后死无仇可雪。犹未燥，当时生发！二十五弦多少恨，算世间、那有平分月！胡妇弄，汉宫瑟。　　树

犹如此堪重别！只使君，从来与我，话头多合。行矣置之无足问，谁换妍皮痴骨？但莫使伯牙弦绝！九转丹砂牢拾取，管精金，只是寻常铁。龙共虎，应声裂。

辛、陈二人的友谊，是建立在对国家现状相同认识的基础上的，两人都痛恨于神州陆沉，希望"补天裂""炼精金"，恢复大好河山。尽管别人笑他们痴、笑他们狂，但他们仍旧决心"到死心如铁"，百折不挠、矢志不渝。这样一份真挚的情感，怎能不让人动容！

陈亮的这次来访，来得轰轰烈烈，走得却悄无声息。这天，辛弃疾醒来之后，发现陈亮已不在身边，问过旁人，才知道他在昨天夜里已经悄悄走了。辛弃疾当即策马去追，可惜风雪阻途，终究没能赶上。辛弃疾面对茫茫风雪，心中的惆怅与不舍可想而知。

王子猷雪夜访戴，不必相见，乘兴而返；陈亮雪夜辞辛，不必相送，兴尽而归。这便是古人的豪情与浪漫，千载之下，依旧让人心动神驰。

命运总是曲折离奇

清人刘熙载在《艺概》中说,陈亮与辛弃疾为友,两人不仅人相似,词也相似。同时期还有刘过、刘克庄等词人,因为和陈亮一样在词中都或多或少有辛词的影子,人们就把这些词人统称为"辛派词人"。

陈亮传世词作共七十余首,多为议论抒怀的豪壮之词,无一不慷慨激烈、气势磅礴。其名作《水调歌头·送章德茂大卿使虏》,读来更是让人激愤不已:

> 不见南师久,漫说北群空。当场只手,毕竟还我万夫雄。自笑堂堂汉使,得似洋洋河水,依旧只流东?且复穹庐拜,会向藁(gǎo)街逢! 尧之都,舜之壤,禹之封。于中应有,一个半个耻臣戎!万里腥膻如许,千古英灵安在,磅礴几时通?胡运何须问,赫日自当中!

章德茂是出使金国的使臣,肩负外交重任,因此陈亮勉励他此行务必要扬大宋之国威,以免敌国小觑。下阕第一句"尧之都,舜之壤,禹之封",回忆的是辉煌灿烂的过去,叹息的是积弱已久的而今,因此陈亮高呼:"于中应有,一个半个耻臣戎!"言下之意,我泱泱华夏,怎会没有几根敢于抗争的硬骨头!

梁启超先生曾经盛赞这类直抒胸臆的作品,因为情感越发真,便越发神圣,甚至于和作者的生命都是分不开的。细细品味这首词,陈亮本人的襟怀抱负究竟如何,我们也就不言而喻了。

陈亮还有另一首《念奴娇·登多景楼》,看似批评的是东晋爱好清谈、不思进取的士大夫,实则表达了对南宋偏安一隅的不满:

危楼还望,叹此意、今古几人曾会?鬼设神施,浑认作、天限南疆北界。一水横陈,连岗三面,做出争雄势。六朝何事,只成门户私计! 因笑王谢诸人,登高怀远，也学英雄涕。凭却长江，管不到，河洛腥膻无际。正好长驱，不须反顾，寻取中流誓。小儿破贼，势成宁问强对！

这首词痛快淋漓地发表政论，纵谈攻防战守，充分表达了陈亮的政治主张，对那些懦弱的主和派，更是明指直斥、毫无顾忌。结尾用祖逖中流击楫的典故，由愤郁转为豪放，充分表达了作者恢复中原的决心。

陈亮虽然没有上过战场，但在平时生活中，却总是以职业军人的标准要求自己。作为一个军事发烧友，他还多次在各地进行考察，为日后抗金做准备。在他看来，不能把长江天险仅仅当作阻挡敌人的屏障，还要以它为跳板，出其不意地向北方进军。上面这首《念奴娇》，反映的就是他的这一观点。

绍熙四年（1193年），陈亮高中状元，那一年他已经五十一岁了。陈亮本以为自己可以放开手干一番事业，可谁都没有想到的是，仅仅在一年后，他就因为急病去世了。

命运仿佛和这位狂生开了个大大的玩笑,让他在半生蹭蹬后终于拿到梦想的入场券,却又很快剥夺了他的入场资格。就和孔子在哀叹颜回早亡时所感慨的那样:"苗而不秀者,有矣夫!"

必背佳作

念奴娇 登多景楼①

危楼还望②,叹此意、今古几人曾会?鬼设神施③,浑认作④、天限南疆北界。一水横陈,连岗三面,做出争雄势⑤。六朝何事,只成门户私计⑥! 因笑王谢诸人,登高怀远,也学英雄涕⑦。凭却长江,管不到,河洛⑧腥膻无际。正好长驱,不须反顾,寻取中流誓⑨。小儿破贼⑩,势成宁问强对⑪!

〔注释〕

①多景楼:江苏镇江北固山上甘露寺内,北面长江,为登临胜地。②危楼:高楼。还望:环顾。③鬼设神施:如神鬼所设计的一般。这里形容地形扼要。④浑认作:竟然把它

当作。⑤"一水横陈"三句：镇江北面横贯着波涛汹涌的长江，东、西、南三面都连接着起伏的山岗，这样的地形足以与北方强敌争雄。⑥门户私计：只为一门一户私利作打算。借六朝权贵败亡之实讽刺南宋朝堂的纷争。⑦"因笑王谢诸人"三句：典出《晋书·王导传》，亦见于《世说新语·言语》。东晋渡江后，权贵们登高宴饮，望着旧时山河相视流涕，唯有王导正色道："当共戮力王室，克复神州，何至作楚囚相对泣邪！"这里用来讽刺那些只知悲戚却无具体行动的空谈者。王谢，六朝望族琅琊王氏与陈郡谢氏之合称，后成为世家大族的代名词。⑧河洛：黄河、洛河。泛指中原。⑨中流誓：指慷慨报国的情怀。《晋书·祖逖传》载，祖逖北伐渡江时，"中流击楫而誓曰：'祖逖不能清中原而复济者，有如大江！'"⑩小儿破贼：典出《晋书·谢安传》，亦见于《世说新语·雅量》。晋军在淝水之战中大败苻坚，捷报传来，谢安正与客人对弈，置书一旁，了无喜色。客人急切地追问战况，谢安这才从容答道："小儿辈遂已破贼。"小儿辈，指谢安的弟弟谢石、侄子谢玄，时任晋军统帅。⑪强对：强敌。

〔翻译〕

登上高楼四处环望，百感交集，可叹自己的这番心意，古往今来又有几人能领会呢？镇江一带地形扼要，如神鬼所设计的一般，却被看作天设的南北疆界。实际上，它北面横贯着波涛汹涌的长江，东、西、南三面都连接着起伏的山岗，这样的地理形势进可以攻、退可以守，正是足以与北方强敌争雄的形胜之地。可惜啊，就如同六朝覆灭的旧事一样，原来那些权贵高官，只不过是为私家利益打算罢了！

因此嘲笑那些空洒英雄之泪、却无克服神州实际行动的统治者们。他们仗着占据长江天险，自以为可以长久地偏安一隅，哪里还管得到广大的中原地区还被异族势力蹂躏呢？凭借这样有利的地形，正可长驱北伐，不必徘徊担心，应该像当年的祖逖那样中流击水，立下誓言收复中原。我们不乏强兵良将，完全应该像往日的谢安一样，对打败强敌充满信心。一旦有利的形势形成，便当长驱直入，何须顾虑敌人的强大呢？

刘过

白日见鬼刘改之

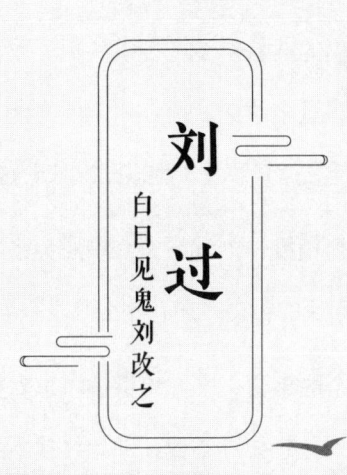

别开生面的"见鬼"词

金庸先生的武侠小说《神雕侠侣》里,有一位独臂大侠,姓杨名过字改之。而在南宋历史上,也有这么一位大侠,同样名过字改之,他就是文侠刘过。

因为志趣相投,刘过与辛弃疾的关系非常要好,而关于他与辛弃疾的相交,还有这么几段有趣的故事。

其中一个故事讲,辛弃疾担任浙东安抚使的时候,一介布衣的刘过想要拜访他,却始终找不到机会。正好刘过的两位朋友在辛弃疾手下任职,两人就给刘过出主意,让他进门的时候大声喧哗,就可以引起辛弃疾的注意了。

这天,辛弃疾正在喝羊肉汤,忽然听到门外一阵喧哗,不禁有些生气。刘过的两位朋友便趁机介绍说:"此人名叫刘过,是

个善于赋诗的豪杰。您不妨见见他。"辛弃疾听说此人能写诗,当下便饶有兴致地将他请了进来。

当时正是冬天,刘过在外头冻了好久,一进门就向辛弃疾讨杯酒暖暖身子。喝酒时,刘过手一抖,有几滴酒就洒在了身上。辛弃疾见此情景,当即以"流"为韵,命刘过写一首应景的诗。

刘过早就看见辛弃疾在喝肉汤,当即朗声吟道:"拔毫已付管城子,烂胃曾封关内侯。死后不知身外物,也随樽(zǔn)俎伴风流。"辛弃疾见此人如此才思敏捷,当即回嗔作喜,还把羊肉汤分给他喝。两人就这么结成了好朋友。

另外一个版本的故事也是辛弃疾让刘过赋诗,时令也是冬天,但场景有所不同。当时,辛弃疾在京口的多景楼设宴,刘过穿着破破烂烂的衣服也去赴宴,面对这么一个不请自来的穷酸书生,辛弃疾心中自然有些不快,便令刘过以"难"字为韵咏雪,想让他当众出丑。

谁知刘过张嘴就来:"功名有分平吴易,贫贱无交访戴难。"访戴，用的是王羲之的儿子王子猷雪夜访友的典故，言下之意，我刘过冒着大雪专程来拜访您，您难道要因为我的贫贱拒绝我吗？

辛弃疾当然不是势利眼，眼见刘过如此有才，便和他结成了莫逆之交。

这两个版本的故事都说刘过主动访辛，两人因诗相交，但最接近事实真相的另一个版本，却说是辛弃疾召见刘过，被后者的一首词打动。之所以说这个版本最为靠谱，是因为它出自辛刘两人共同的好朋友岳珂笔下。

在岳珂的记载里，辛弃疾早就听说了刘过的大名，便派人召他前来相见。恰好刘过当时有事走不开，得迟到几天，于是他就写了一首《沁园春》，戏谑地向辛弃疾解释自己来不了的原因：

斗酒彘肩，风雨渡江，岂不快哉！被香山居士，约林和靖，与苏公等，驾勒吾回。波谓西湖，正如西子，浓抹淡妆临镜台。诸人者，都掉头不顾，只管传杯。　　白云天竺去来。图画里，峥嵘楼观开。看纵横一涧，东西水绕，两山南北，高下云堆。逋曰不然，暗香疏影，只可孤山先探梅。蓬莱阁，访稼轩未晚，且此徘徊。

辛弃疾一读此词大喜过望，之后不仅热情款待了刘过，还送给他一大笔钱。刘过的好友岳珂知道了这件事，开玩笑说："词倒是写得不错，但你得了这样'白日见鬼'病，要拿什么药治好你呢！"

原来，刘过在这首词中写，唐代的白居易、北宋的苏轼、林逋都留他在杭州多玩一会儿，他感到盛情难却，只好迟些再去找辛弃疾。他提到的这些人都去世多年了，可不就是"白日见鬼"、鬼话连篇嘛！

黄金白璧赠知音

辛、刘两人都是豪放之士,人们对两人交往的记载,也颇有几分江湖豪情。前面说,辛弃疾因为一首词极为器重刘过,送给他一大笔钱,但刘过生性乐交好施,没过多久就把钱花得一干二净。

这天,刘过收到了母亲生病的消息,急于回乡探望,但一摸口袋,已经没有足够的钱作为盘缠了。虽说朋友有通财之义,但前不久才从辛弃疾那里收下一大笔钱,现在又要张口,刘过不免有些不好意思。这事儿被辛弃疾知道了,他也有心相助,却并不说破。

有天晚上,两人微服去酒楼饮酒,正好遇见辛弃疾属下的一个都吏在包场请客。这个小官不认识辛弃疾,眼见两人平平无奇,就大摆威风,吩咐随从要把他们赶出去。

要放在平时,依着辛弃疾的火爆脾气,肯定会当场发作,狠狠教训这个有眼无珠的小人。但他心念一转,突然有了别的打算，和刘过相视一笑就转身离开了。

当天夜里，辛弃疾以有机密要事为由，点名要这个都吏来见。都吏刚刚结束宴会，正喝得醉醺醺的，自然来不了，醒来之后听说顶头上司有事召见，吓得出了一身冷汗，火急火燎地就赶去请罪。可想而知，当他看清堂上坐着的就是被他赶走的客人时，一颗心自然是降到了谷底。

辛弃疾借题发挥，要严惩都吏玩忽职守之罪，任他百般求情，辛弃疾都不肯饶恕。无计可施的都吏听说辛弃疾的好友刘过缺钱，便咬咬牙，拿出五千缗（mín）钱（一缗钱是1000文），说是要为刘过的母亲祝寿。

当时，辛弃疾一个月的俸禄才不过百缗，五千缗钱已经是个不小的数目，但辛弃疾仍然不肯答应，狮子大开口地要求都吏把这笔"祝寿"的钱翻倍。都吏虽然心如刀割，却只能乖乖掏钱消灾，辛弃疾这才放他一马。

到刘过辞行时，辛弃疾将这万缗钱如数交给了刘过，知道他平时花钱没有节制，还反复叮嘱他务必妥善

取用。眼见辛弃疾如此对待自己,刘过自然大为感动,当即作了一首《念奴娇》相赠:

> 知音者少,算乾坤许大,著身何处。直待功成方肯退,何日可寻归路。多景楼前,垂虹亭下,一枕眠秋雨。虚名相误,十年枉费辛苦。　　不是奏赋明光,上书北阙,无惊人之语。我自匆忙天未许,赢得衣裾(jū)尘土。白璧追欢,黄金买笑,付与君为主。莼鲈江上,浩然明日归去。

这首词既有知音相交的深情,也有怀才不遇的愤慨,语句粗犷而俊朗有致,感人至深。"白璧追欢,黄金买笑"一句,于疏狂之中见交情,更是成了脍炙人口的名句。

唐朝诗人武元衡在诗中写道:"满堂谁是知音者,不惜千金与莫愁。"的确,对于真正的豪杰来说,最重要的是意趣相投、交情真挚,哪里会在意钱财这样的身外之物呢!

一首词带火一个词牌

在上面提到的故事和词作里,刘过向我们展示了他狂放不羁的一面。事实上,他的词风被后人概括为"狂逸俊致",既有狂放不羁的一面,也有清新俊雅的一面。

比如这首《唐多令》,就很能反映刘过的词风:

> 芦叶满汀洲,寒沙带浅流。二十年重过南楼。柳下系船犹未稳,能几日,又中秋。　　黄鹤断矶头,故人今在否?旧江山浑是新愁。欲买桂花同载酒,终不似,少年游。

这首词也是登临之作,开头写登楼所见之景,略加点染后便引出回忆,字里行间,满是喟叹;到了下阕则纯然写情,感叹时事,深沉凄凉。结尾一句"欲买桂花同载酒,终不似,少年游",更是哀戚无穷,很容易让人产生共鸣。

刘过作此词时，当时主政的韩侂（tuō）胄（zhòu）正在谋划北伐，按理说，极力主张抗金的刘过应该感到高兴才是，但他的心中却充满了担忧。因为韩侂胄此行的目的并不是单纯为了收复失地，而是想要给自己脸上贴金，因此各方面的准备也比较仓促。"旧江山浑是新愁"一句，既有江山分裂之旧愁，也添了担心北伐失败的新愁。

然而，一介布衣的刘过又能做些什么呢？只能像这样，将无限的忧虑寄托于一曲悲歌之中了。

在刘过写这首词之前，《唐多令》这个词牌非常少见，很少有人去填，而在刘过的这首词被广为传唱之后，这个词牌突然变得无比热门。因此有人说，刘过仅凭一首词就带火了一个词牌。

必背佳作

唐多令①

芦叶满汀洲②,寒沙带浅流。二十年重过南楼③。柳下系船④犹未稳,能几日,又中秋。　　黄鹤断矶⑤头,故人今在否?旧江山浑是⑥新愁。欲买桂花同载酒,终不似,少年游。

〔注释〕

①唐多令:词牌名,也写作《糖多令》,又名《南楼令》。②汀洲:水中小洲。③二十年重过南楼:南楼,指安远楼,在今湖北武昌黄鹄山上。南楼初建时,刘过曾漫游武昌。此处是南宋和金人交战的前方,时隔多年重过,岂能无今昔之感?词旨清越,含蓄不尽。④系船:泊舟。⑤黄鹤断矶(jī):黄鹤矶,在武昌城西,上有黄鹤楼。断矶,形容矶头荒凉。⑥浑是:全是。

〔 翻译 〕

　　芦苇叶子落满了水中小洲，浅浅寒水在沙滩上静静流过。时隔二十年，如今我重新登上南楼旧地。我匆匆登楼，柳树下的小舟都来不及系稳，只因过不了几日，就是曾经欢宴过的中秋时节。

　　荒凉的黄鹤矶头，曾经的朋友如今还在这里吗？满目苍凉的旧江山，又平添了绵绵无尽的新愁。想要像往常一样，买上桂花、携带美酒在水上泛舟逍遥，可叹啊，终究少了几分少年欢游的意气。

朱淑真

断肠人写断肠词

断肠女词人

宋代的女词人中,最有名的当然是李清照。年代稍后于李清照的,是朱淑真。

朱淑真是浙江海宁人。她的婚姻是封建时代典型的婚姻悲剧之一。作为一位工于诗词的才女,她被嫁给了一个市井小民,与丈夫之间在感情上没有契合感,最终郁郁不得志而死。

才女的情感往往细腻。我们看历代的才女,在婚姻上多坎坷不幸。朱淑真也是其中一位。她出嫁后郁郁寡欢,伤心而死,留下一部《断肠词》,真可谓是"断肠人写断肠词"了。

朱淑真

元夕的约会

元夕就是正月十五元宵节。宋代人很重视这个日子,在这天晚上,人们阖家出行,填塞道路,观赏花灯。

朱淑真有一首《生查子·元夕》词,写了她在元夕这天与某人的一个约定:

> 去年元夜时,花市灯如昼。月到柳梢头,人约黄昏后。 今年元夜时,月与灯依旧。不见去年人,泪满春衫袖。

我们并不知道与朱淑真"人约黄昏后"的人究竟是谁,但应该不是她的丈夫。这首词中隐藏着对其人深深的眷念,不会是与她在情感上并没有契合的人。从词意来看,她对这个人有着朦胧的好感,这种好感也许就是朦胧的恋情。可能这是朱淑真婚前写的一首小词。

从词中可以看到,第二年的元夕之时,"去年人"已经不在，词人不禁泪下沾衫。虽然我们不知道具体发生了什么事，但根据词人的生平，我们似乎可以在脑海中形成这样的故事：女词人与一位少年郎相识，有着朦胧的好感，在去年的元夕夜，相约于黄昏后一起观灯，畅游灯海，享受着恋爱的甜蜜。但好景不长，一年之后，这位少年郎或者离开了，或者死去了。同样的夜晚，同样的灯海，昔人却已经不在，女词人抚今追昔，不禁流下了伤感的泪水。

当然，这个故事，就算是在宋代，也是颇有些离经叛道的。前人有种观点，认为这首词是北宋的欧阳修写的，并且还有人痛心疾首："欧公一代儒宗，风流自命，词章幼眇（miǎo），世所矜式。当时小人，或作艳曲，谬为公词，今悉删除。"（曾慥语）。这种观点认为本词是"艳曲"，为"小人"所作，故意混在欧阳修词中来败坏他作为"一代儒宗"的名声。说实话，这样想纯粹是庸人自扰。欧阳修的词中搁不下，但在《断肠词》中，它却是数一数二的上品，因为它让我们看到了一对痴儿女自由恋爱的快乐和悲伤，比起士大夫的诗酒流连，狎（xiá）妓玩乐，这首词更让我们看到了人类一种永恒的情感——爱情的力量。

"问世间，情是何物？直教生死相许。"朱淑真的这段朦胧却又刻骨铭心的爱情，对比她婚后的遭遇，我们真可以理解什么是"断肠人写断肠词"了。

送春的轻吟

朱淑真还有一首《蝶恋花·送春》词,也脍炙人口。词云:

> 楼外垂杨千万缕。欲系青春,少住春还去。犹自风前飘柳絮。随春且看归何处。
> 绿满山川闻杜宇。便做无情,莫也愁人苦。把酒送春春不语。黄昏却下潇潇雨。

"送春"的主题,在宋词中比较常见。而朱淑真的"送春",却只是小儿女的痴情一片。这首词清新婉丽,蓄思含情,真不是一般人写得出来的。她想系住这片青春,但春终将归去。好吧,春归的大势不可阻拦,词人也认命了,但就算词人能把自己变得无情,这日暮的时候,心中那番苦涩的滋味,也是难以挨过去啊。举起酒来送春,春不语,与苦酒相伴的,却是那弥漫于天地间的潇潇之雨。

这首词里的味道，和李清照的晚年词相近。李清照孀居于山阴，晚年所见诸物诸事，无不带着愁意，这是因为她的生活已经失去了希望。朱淑真陷在不如意的婚姻囚笼里，郁郁寡欢，她的生活同样失去了希望，所以她的伤春悲秋，是真实发生的情绪。但是，她的笔下，春天的俊朗与明媚，却同样没有失去它的光彩。"绿满山川闻杜宇"，有一种欢欣的感觉在其中。毕竟，词人还是一位青春少妇，不像李清照那样，在失去赵明诚时已步入中晚年。也许，在她的心中，还有着一点儿对未来的希望和期冀吧？

但一切假设，都敌不过生命终点的到来。朱淑真这位断肠人，用她的生命写就了《断肠词》。词人鲜活而明丽的生命，化作了多首婉转感伤的哀歌，永远萦回在我们的耳边。类似于她的文学形象，不管是真人还是作品中的人物，在后世也屡有出现，比如挑着花锄系着花囊去葬花的黛玉，在坟上哀歌的石评梅……她们共同充实了我国女性文学的多彩画廊。

必背佳作

蝶恋花　送春

楼外垂杨千万缕。欲系①青春②，少住③春还去。犹自风前飘柳絮。随春且看归何处。　　绿满山川闻杜宇④。便做⑤无情，莫也⑥愁人苦。把酒送春⑦春不语。黄昏却下潇潇雨。

〔注释〕

①系：拴住。②青春：大好春光。春季草木茂盛，其色青绿，故称青春。也隐指词人正值青春年华。③少住：稍稍停留一下。④杜宇：杜鹃鸟的别称。传说杜鹃啼罢，春光归去。⑤便做：即使。⑥莫也：岂不也。⑦把酒送春：阴历三月末是春天最后的日子，古人有把酒浇愁以示送春的习俗。

〔翻译〕

楼外的杨柳垂下千条万缕的枝叶,仿佛要拴住这大好春光,可是春天稍稍停留之后,便匆匆离去了。只有柳絮仍然在风中飘飞,一路伴随着春风,似乎是要看春天究竟归向何处。

满是碧绿的山野间传来一声声杜鹃的啼叫,即便鸟儿无情,这凄厉的叫声岂不也让人愁苦。举杯送别春天,春天静默不语,正值黄昏时分,忽然下起潇潇细雨。

姜夔

音乐家词人

落拓江湖载酒行

南宋时期,有一类人物,他们浪迹于江湖之间,不做官,也做不了官,凭着自身才艺游于权贵之间,获得他们的资助,以此来维持生活。姜夔(kuí)就是这类人的典型代表。

按理说,做清客或门客的,因为饮食日用都要取给于人,所以其自身人格往往淡化,这叫作"吃人的嘴软"。我们看《红楼梦》里贾政的门客詹光和单聘仁之流,看到贾政要考校贾宝玉,在陪同贾政考察大观园时就故意挑些凡俗的字眼来命名,把出风头的机会让给宝玉,可谓是知情识趣。然而,姜夔却不是这样的门客。非但不是,他还是一位把清客做出了主人样子的门客。

他的清客生涯在他二十余岁时

就开始了，那时候，他旅食江淮，流落扬州。三十多岁时，姜夔在湖南遇到了老诗人萧德藻，投了老诗人的眼缘，萧德藻把自己哥哥的女儿嫁给了他，又介绍他去拜访杨万里、范成大等人，从此姜夔声名鹊起。快四十岁时，他认识了南宋大将张俊的后裔张鉴。张鉴想出钱给他买个官做，被姜夔拒绝。两人相知十年，姜夔多得张鉴的供养和接济。

当时的人都认为姜夔像是晋宋间的风流人物。陈藏一说："白石道人气貌若不胜衣，而笔力足以扛百斛之鼎；家无立锥，而一饭未尝无食客；图书翰墨之藏汗牛充栋。襟期洒落，如晋宋间人。"说实话，姜夔不事生产，家无立锥，而"一饭未尝无食客"，可见他是个豪爽好客的人，所以他不但自己受人供养，而且自己也做主人来养活门客。另外，图书翰墨都不是价廉之物，姜夔所藏汗牛充栋，也需要大量资财才能做到。所以，我们说姜夔是一位把清客做出了主人样子的门客，是毫不夸张的说法。

小红低唱我吹箫

姜夔是位音乐家。他曾经向朝廷上书,请求厘正太常雅乐,还因此得到了参加进士试的机会,可惜没有考上。太常寺的官员妒忌他的才能,也没接受他校正雅乐的意见。姜夔在官场,的确算是郁郁而不得志了。

然而他的音乐才能,却在词场大放光芒。

因为他是一位音乐家,所以除了按旧谱填词外,他还特别善于"自度曲""自制曲"。其程序大抵是先写出词的文辞,再将它协律,裁度音之短长,从而创制出新的词牌来。像《扬州慢》《长亭怨慢》《淡黄柳》《石湖仙》《暗香》《疏影》《惜红衣》等,都是这样创制出来的。

曾经有一次,范成大广求词曲新声,姜夔用自度曲的方式创作了《暗香》《疏影》这两首新词应征,其《暗香》一词:

旧时月色。算几番照我，梅边吹笛。唤起玉人，不管清寒与攀摘。何逊而今渐老，都忘却、春风词笔。但怪得、竹外疏花，香冷入瑶席。　　江国。正寂寂。叹寄与路遥，夜雪初积。翠尊易泣。红萼无言耿相忆。长记曾携手处，千树压、西湖寒碧。又片片、吹尽也，几时见得。

这样的词含蓄婉转，低回不尽，似诉如咽，清劲淳雅。范成大听后非常高兴，等到姜夔回吴兴的时候，就赠给他一名叫小红的歌女。姜夔有一首著名的《过垂虹》诗记载这件事：

自作新词韵最娇，小红低唱我吹箫。
曲终过尽松陵路，回首烟波十四桥。

这位小红，从此在姜夔身边，成为他创作新词的助手。每当姜夔写出新曲，就自己吹着洞箫，让小红歌唱新词,在配曲和歌唱的实践中来修订新曲。在姜夔去世之前,小红被姜夔嫁了出去。苏石在给他的挽诗里写道:"所幸小红方嫁了,不然啼损马塍(chéng)花。"

但姜夔的红颜知己却不是小红,而是一位合肥歌妓。姜夔为她写了《解连环》《琵琶仙》《江梅引》《长亭怨慢》等词。如《江梅引》:

> 人间离别易多时。见梅枝。忽相思。几度小窗,幽梦手同携。今夜梦中无觅处,漫徘徊。寒侵被、尚未知。　　湿红恨墨浅封题。宝筝空、无雁飞。俊游巷陌,算空有、古木斜晖。旧约扁舟,心事已成非。歌罢淮南春草赋,又萋萋。漂零客、泪满衣。

从词里可以看出他对这位红颜知己的思念,达到了梦寐思之的地步。可惜她的名字并没有留传下来。

千古扬州慢

姜夔最为后人称赞的词,无过于《扬州慢》。

淮左名都,竹西佳处,解鞍少驻初程。过春风十里。尽荠麦青青。自胡马窥江去后,废池乔木,犹厌言兵。渐黄昏,清角吹寒。都在空城。　　杜郎俊赏,算而今、重到须惊。纵豆蔻词工,青楼梦好,难赋深情。二十四桥仍在,波心荡、冷月无声。念桥边红药,年年知为谁生。

扬州自从建城以来,很少有兵灾。但从建炎三年(1129年)到隆兴二年(1164年),金军曾三次南侵,所以词里说"自胡马窥江去后,废池乔木,犹厌言兵。"里面充满了经乱世之后的颠沛流离之感。此外,词里说"二十四桥仍在,波心荡,冷月无声",这种境界更是低回清幽。

必背佳作

扬州慢①

淮左名都②,竹西佳处,解鞍少驻初程。过春风十里③。尽荠麦青青。自胡马窥江④去后,废池乔木,犹厌言兵。渐黄昏,清角吹寒。都在空城。　　杜郎俊赏⑤,算而今、重到须惊。纵豆蔻词工,青楼梦好⑥,难赋深情。二十四桥⑦仍在,波心荡、冷月无声。念桥边红药,年年知为谁生。

〔注释〕

①扬州慢:词牌名。此调为姜夔所创,见其《白石道人歌曲》。②淮左名都:指扬州。宋朝行政区设有淮南东路和淮南西路,扬州是淮南东路首府。左,古人称方位时,面朝南,东为左,西为右。③春风十里:杜牧《赠别》:"春风十里扬州

路,卷上珠帘总不如。"这里借指扬州。④胡马窥江:指金兵入侵长江流域,洗劫扬州。⑤杜郎:指杜牧,他曾在扬州任职。俊赏:俊逸清赏。⑥青楼梦好:杜牧《遣怀》:"十年一觉扬州梦,赢得青楼薄幸名。"⑦二十四桥:扬州城内的古桥,一说是二十四座桥的统称,一说桥名"二十四",又名红药桥。

〔翻译〕

来到淮河东边著名的都会扬州,在竹西亭风景佳处,解下马鞍稍作停留,这是最初的行程。经过传说中"春风十里"的扬州路,如今看到的,却只是一片青青的荠麦。自从金兵侵略长江洗劫扬州之后,只剩下废毁的池台和残存的古树,至今还讨厌提起旧日的兵戎。渐渐到了黄昏,凄凉的号角声吹起,这就是在经历浩劫后的扬州空城。

即使杜牧有俊逸清赏的才名,料想他今天重来此地,也一定会大吃一惊。即使他昔日写下了"豆蔻梢头二月初"这样精工的句子,也塑造过"赢得青楼薄幸名"这样富有诗意的美梦,面对此情此景,恐怕也难以写下富有深情的句子了。二十四桥仍然还在,但桥下水波浩荡,只剩下凄冷的月色,处处寂静无声。唉,多么怀念桥边的红芍药啊,可它毕竟无情,哪里知道一年年为什么人盛开呢!

史达祖
燕子的呢喃

商量不定的双双燕

南宋宁宗开禧年间,韩侂胄想趁金国衰弱,北伐恢复旧疆。时人多言兵衅不可以妄动,韩侂胄不听,终于发动了开禧北伐。孰料金军虽然对北方新起的蒙古接连丢盔弃甲,但对南宋军队依然显示了其军力上的优势。韩侂胄的北伐失败了。

韩侂胄虽然失败,但他心之所念,志在恢复,他尊崇岳飞,贬抑秦桧王爵之号,一时之间,引起大量仁人志士的响应,却是历史的事实。其后史弥远发动政变,为求与金人达成和议,竟将韩侂胄的头颅函送金国,其为人却是远不及韩侂胄了。

开禧北伐失败后,南宋朝廷追责,被贬斥的诸人中,就有一位著名的词人,他曾为韩侂胄堂吏,秉持权柄,令当时人为之侧目。他就是史达祖。

史达祖祖籍开封。他善于写咏物词,但于科举之道似乎并不擅长,未曾中过进士,所以他在权相韩侂胄手下办事，也只能是个堂吏的身份。在他的词里面有时能见到他的自嘲，如"好领青衫，全不向、诗书中得"（《满江红》），"老子岂无经世术，诗人不预平戎策"（《满江红》）。看来史达祖对于自己没能中进士，还是念念在兹，颇有想法的。

史达祖善写咏物词。最有名的一首《双双燕》，是讲燕子的：

> 过春社了，度帘幕中间，去年尘冷。差池欲住，试入旧巢相并。还相雕梁藻井。又软语、商量不定。飘然快拂花梢，翠尾分开红影。　　芳径。芹泥雨润。爱贴地争飞，竞夸轻俊。红楼归晚，看足柳昏花暝。应自栖香正稳。便忘了、天涯芳信。愁损翠黛双蛾，日日画阑独凭。

"又软语、商量不定"，用拟人的手法，把燕子在春日的呢喃啁（zhōu）啾（jiū）的声貌，写得活泼可爱，非常具有画面感。清代的王士禛(zhēn)说,他读了这首咏燕词,认为咏物词到了这种境界,真可谓是"人巧极、天工错"了。

殊不知人的命运,还不如燕子,能够在有商有量中确定。史达祖最终牵涉到韩侂胄案中,这种命运的播弄,也是他难以预料的。

元·盛昌年《柳燕图》

不是进士也可爱国

韩侂胄在北伐失败后,曾派遣左司郎中王楠出使金国,到过开封。史弥远作为韩侂胄亲信,曾随使臣至金。史达祖写有《龙吟曲》一词,讲述此事:

> 道人越布单衣,兴高爱学苏门啸。有时也伴,四佳公子,五陵年少。歌里眠香,酒酣喝月,壮怀无挠。楚江南,每为神州未复,阑干静、慵登眺。　　今日征夫在道。敢辞劳、风沙短帽。休吟稷穗,休寻乔木,独怜遗老。同社诗囊,小窗针线,断肠秋早。看归来几许,吴霜染鬓,验愁多少。

词中有为国事不敢辞劳的感慨,有对中原遗老的感喟,有对神州未复的怅惘。对于一位情感丰富的词人来说,能写出这样的词来,本身就是心里对国事尚有想法的表现。史达祖对韩侂胄北伐事业的支持,恐怕还不能用前人常常评价的幸进浮躁之徒的侥幸心理来看待。

南宋人喜欢谈恢复，所以辛弃疾、陈亮、刘过等豪放派词人能够在词坛一领风骚。但随着南宋屡屡在北伐战争中失利，朝中的趋势是逐渐走向保守，朝廷之上，主和派往往压倒主战派，辛弃疾、陆游这些主战派中坚人士，晚年都是被投闲置散，过着悠闲的田园生活。史达祖身为一介书生，连举都没有中过，因缘侥幸，做了韩侂胄的堂吏，并获得了韩侂胄的信任，希望能在北伐事业上有所作为。一介书生看到了建功立业的希望，怎能不全身心投入？

由于他不过是一个堂吏，所以当时人颇以与他交往为耻，如陈自强身为韩侂胄启蒙儒师，受韩侂胄提拔，四年就由选人进入两府任枢密。所以每次见到韩侂胄，都称其为"恩王"，还称史达祖为"兄"。陈自强的这种谄媚的做法，就颇为当时人所不齿。

然而，就算是史达祖与韩侂胄不过是像东晋丞相谢安那样，在大臣们都在新亭对泣之时，发发壮语豪言，以振奋人心，那总也比南宋后期人们更热衷的诗酒优游要更为勇敢一些。史达祖虽然只是个儒生，没中过进士，不是文学优选之科出身，但他能关心时事，立志恢复，却也已经高出时人侪（chái）辈很多了。

史达祖的小词也颇有意态。他有《夜行船》一词，写正月里听人卖杏花的：

> 不翦春衫愁意态。过收灯、有些寒在。小雨空帘，无人深巷，已早杏花先卖。　　白发潘郎宽沈带。怕看山、忆它眉黛。草色拖裙，烟光惹鬓，常记故园挑菜。

这首词令人想起陆游的名句："小楼一夜听春雨，深巷明朝卖杏花。"《武林旧事》记载，南宋宫中春天赏花，有"芳春堂赏杏花"之品。可见这杏花是临安城中从皇室到士庶都喜欢的花。末句"常记故园挑菜"更是以看似轻便之句压尾，清新闲婉。前人觉得他的词可以和姜夔并称，诚然如此。

双双燕①

过春社②了,度帘幕中间,去年尘冷。差池③欲住,试入旧巢相并。还相④雕梁藻井。又软语、商量不定。飘然快拂花梢,翠尾分开红影。　　芳径。芹泥⑤雨润。爱贴地争飞,竞夸轻俊。红楼⑥归晚,看足柳昏花暝⑦。应自栖香⑧正稳。便忘了、天涯芳信⑨。愁损翠黛双蛾⑩,日日画阑⑪独凭。

〔注释〕

①双双燕:词牌名。始见于史达祖《梅溪集》,所咏即为双燕。②春社:古代在立春后第五个戊日祭祀土神,是为春社。陆游《游山西村》:"箫鼓追随春社近。"③差(cī)池:燕子飞行时,有先有后,尾翼舒张的样子。《诗经·邶风·燕燕》:

"燕燕于飞，差池其羽。"④相（xiàng）：端看、仔细看。⑤芹泥：燕子筑巢所用的草泥。杜甫《徐步》："芹泥随燕觜（zuǐ），花蕊上蜂须。"⑥红楼：指富贵人家的居所。⑦柳昏花暝：柳色昏暗，花影迷蒙。暝，昏暗迷蒙的样子。⑧栖香：指栖息得安稳香甜。⑨天涯芳信：从远方带来书信。古时有双燕传书之说。欧阳修《渔家傲》："悔无深意传双燕"⑩翠黛双蛾：代指闺中少妇。翠黛，女子涂眉之颜料，其色青黑。双蛾，双眉细如蛾须，乃谓蛾眉。《诗经·卫风·硕人》："螓（qín）首蛾眉，巧笑倩兮。"⑪画阑：即"画栏"，雕花的栏杆。

〔翻译〕

春社日刚刚过去，燕子就在楼阁的帘幕间穿飞，惊起屋梁上旧年冷清的灰尘。燕子前后飞着，分开羽翼想停下来，又尝试着钻进旧巢双栖并宿。接着，好奇地打量雕梁藻井，呢喃软语商量个不停。忽然间，飘然而起，快速地掠过花梢，如剪刀般的翠尾划开了红色花影。

芳香弥漫的小路上，春雨将筑巢的芹泥浸润。你们总喜欢贴地争飞，好像在比赛谁更俊俏轻盈。回到红楼时天色已晚，应该看够了昏暗迷蒙的柳枝花影。可别只顾着自己在巢安稳栖息，却忘了捎回远自天涯的书信。要不然，就会让佳人紧皱黛眉，一天天憔悴地凭栏等待，望眼欲穿。

吴文英

七宝楼台的世界

七宝楼台

南宋末年的张炎评价吴文英的词，说"梦窗如七宝楼台，炫人眼目，拆碎下来，不成片段。"大概他认为吴文英的词外表太华丽，内容却单弱，也就是吴文英的词是徒具形式之美的词。

这话说得未必公道。因为词的内容与形式，从来就没有一个固定的标准。词体本身是从酒筵歌席上的歌妓所唱之词中来，文士一开始是润色词，后来干脆就是拿过来自己写了，却是以文词华美、情调婉约为第一要务，所以历来豪放词远远少于婉约词。后来，李清照写了一篇《词论》，把宋代以来的词家一通狠批，简直没有一个能入她的法眼：

"江南李氏君臣尚文雅，故有'小楼吹彻玉笙寒''吹皱一池春水'之词，词虽奇甚，所谓亡国之音哀以思也。逮至本朝，礼乐文武大备，又涵养百余年，始有柳屯田永者，变旧声作新声，出乐章集，大得声称於世，虽协音律，而词语尘下。又有张子野、宋子京兄弟、沈唐、元绛、晁次膺辈继出，虽时时有妙语，而破碎何足名家。至晏元献、欧阳永叔、苏子瞻，学际天人，作为小歌词，直如酌蠡（lí）水於大海，然皆句读不葺（qì）之诗尔……王介甫、曾子固文章似西汉，若作一小歌词，则人必绝倒不可读也。乃知别是一家，知之者少。后晏叔原、贺方回、秦少游、黄鲁直出，始能知之。又晏苦无铺叙，贺苦少典重，秦即专主情致，而少故实，譬如贫家美女，虽极妍丽丰逸，而终乏富贵态。黄即尚故实，而多疵病，譬如良玉有瑕，价自减半矣。"

李清照拿着词"别是一家"的观点，像显微镜一样来看北宋一代各位词家，所以在她眼中，柳永鄙俗，张先等破碎；晏殊、欧阳修、苏东坡拿诗

吴文英《梦窗词》书影

法羼（chàn）入词法；王安石、曾巩的词根本不能看；晏几道、贺铸、秦观、黄庭坚好点儿，但各有所缺；晏几道铺不开，贺铸不庄重；秦观像贫家美女，没有富贵气；黄庭坚太喜欢用典，小毛病多……从她的评论可以看出，为什么宋代的男词人一般都不怎么待见李清照，原来还是有其内在原因的……

吴文英的时代在李清照之后，他有幸躲过了李清照无区别批判火力的扫射，却没有逃掉被比他更后的张炎抨击的幸运。所谓"七宝楼台"，指的是传说中神仙住的地方，比如说广寒宫，就是嫦娥住的地儿，后来泛指富丽堂皇的楼台。张炎认为吴文英的词徒具外在形式之美，这个评价成为后人一提起吴文英就出现在脑海中的第一印象。

也有不赞成这个意见的。清代的陈廷焯就说，"七宝楼台"的比喻，更适合苏轼的《水调歌头·明月几时有》，吴词可没这么不成片段。陈廷焯为了捍卫吴文英，却也把苏轼贬得太低，同样不是中肯的评论。

其实吴文英的词外表华美,内在也是有联系的,不能一句话就抹杀。所谓"拆碎下来,不成片段",却往往是吴文英词的妙处所在。吴文英认为词的"用字不可太露,露则直突而无深长之味;发意不可太高,高则狂怪而失柔婉之意"。他追求深长柔婉,自然强调词中意象的连续与跳跃。这一点,他词集中的诸词就是最好的说明。

舞女、书商和瘗（yì）花铭

《水浒传》第三回，写鲁达和史进、李忠在潘家酒楼上吃酒，遇到卖唱的金老和他女儿。鲁达听了他们的控诉，一怒之下，拳打了镇关西，自己也因此逃亡。

宋代经济发达，酒楼、勾栏瓦舍等场所非常繁荣，鲁达在渭州酒楼遇到卖唱的金老及其女儿，是宋代城市的常态。吴文英也有一首《玉楼春》词，记载了卖舞的舞女，可作《水浒传》之旁证。

> 茸茸狸帽遮梅额。金蝉罗翦胡衫窄。乘肩争看小腰身，倦态强随闲鼓笛。　　问称家住城东陌。欲买千金应不惜。归来困顿嚲（tǐ）春眠，犹梦婆娑斜趁拍。

《武林旧事》称："都城自旧岁冬孟驾回，则已有乘肩小女、鼓吹舞绾（wǎn）者数十队，以供贵邸豪家幕次之玩。而天街茶肆，渐已罗列灯球等求售，谓之'灯市'。自此以后，每夕皆然。三桥等处，客邸最盛，舞者往来最多。每夕楼灯初上，则箫鼓已纷然自献于下。酒边一笑，所费殊不多。往往至四鼓乃还。自此日盛一日。"由此可见在南宋都城杭州，舞女已由原来豪贵家养的舞伎，变为到各个邸店卖艺的歌舞队。所谓"乘肩小女"，指的就是身材娇小的能负于肩上的少女。

吴文英的词中，写出了舞女的衣着、装扮，以及她们高强度工作下的倦态，所谓"倦态强随闲鼓笛"，让我们看到了舞女光鲜背后的沧桑与艰辛。

南宋有个书商叫陈起，在出版史上有名号叫"睦亲坊开书肆陈道人"。他在文学史上的功绩，是刻印了南宋中晚期一大批诗人的诗集，名曰《群贤小集》，这是南宋江湖诗派的作品合集。吴文英的《丹凤吟》词中记载了他的书肆，是出版史上一首难得的词作：

丽景长安人海，避影繁华，结庐深寂。灯窗雪户，光映夜寒东壁。心凋鬓改，镂冰刻水，缥简离离，风签索索。怕遣花虫蠹粉，自采秋芸薰架，香泛纤碧。　　更上新梯窈窕，暮山澹著城外色。旧雨江湖远，问桐阴门巷，燕曾相识。吟壶天小，不觉翠蓬云隔。桂斧月宫三万手，计元和通籍。软红满路，谁聘幽素客。

读完这首词，陈起的芸居楼地处幽静、设施齐备、管理精心跃然纸上。"旧雨江湖远，问桐阴门巷"正切本题，意态闲适，与"幽素客"相应，一位隐于市井的南宋文化出版商的形象，就如在眼前了。

《红楼梦》里林黛玉的《葬花词》，脍炙人口，一曲"花谢花飞花满天，红消香断有谁怜"，简直道尽了有着孤单零落身世的少女面对着繁花落尽、美好流逝的哀思。吴文英的《风入松》词中，也有"瘗花铭"的存在：

听风听雨过清明。愁草瘗花铭。楼前绿暗分携路，一丝柳、一寸柔情。料峭春寒中酒，交加晓梦啼莺。　　西园日日扫林亭。依旧赏新晴。黄蜂频扑秋千索,有当时、纤手香凝。惆怅双鸳不到,幽阶一夜苔生。

"听风听雨过清明",一派萧瑟之感从纸面向我们席卷而来。可惜吴文英"愁草"的《瘗花铭》,今天已不能得见。不然,我们就有幸读到南宋时的"葬花词"了。

必背佳作

风入松①

听风听雨过清明。愁草②瘗花铭③。楼前绿暗④分携⑤路,一丝柳、一寸柔情。料峭春寒中酒⑥,交加晓梦啼莺。　　西园日日扫林亭。依旧赏新晴。黄蜂频扑秋千索,有当时、纤手香凝。惆怅双鸳⑦不到,幽阶一夜苔生。

〔注释〕

①风入松:词牌名。古琴曲有《风入松》,相传为晋代嵇康所作,宋人据此谱词调。②草:起草,拟写。③瘗花铭:庾信有《瘗花铭》。瘗,埋葬。铭,文体的一种,常刻在墓碑或器物上,内容多为歌功颂德,或表示哀悼、申述鉴戒。④绿暗:形容绿柳浓密成荫。⑤分携:分手,分别。⑥中酒:醉酒。杜牧《睦州四韵》:"残春杜陵客,中酒落花前。"⑦双鸳:

指女子的绣花鞋,代指女子本人。

[**翻译**]

听着凄风苦雨,我独自过着清明。将落花埋葬,满怀忧愁地起草《瘗花铭》。楼前绿柳成荫的小路正是当初分别的地方,每一缕柳丝,都寄托着一寸柔情。在春寒料峭中,我独自饮酒成醉,想借着醉梦与佳人重逢,不料却被啼莺唤醒。

我每天都派人清扫干净西园的亭台和树林,并且和往常一样来这里欣赏新晴的美景。蜜蜂频频扑向你曾荡过的秋千,只因绳索上有你纤手留下的香馨。你的双足总是不踏入这里,让我多么惆怅伤心,幽寂的空阶上,一夜间苔藓便已青青。

汪元量

南宋最后的悲吟

与昭仪王清惠唱和的宫廷乐师

论古代著名的宫廷乐师,春秋时代的晋国有乐师师旷,能通过音乐来辨析军政大事。楚军北侵,师旷说:"不用担心楚军。我刚唱了北风,又唱了南风,南风不能和北风相争,而且南风里多有死声。楚军从南来,他们一定会无功而返。"其后果然如此。这是用音乐来辨军政。

又或者如高渐离。秦王知道他是荆轲的好友,荆轲已死,秦王爱惜高渐离的击筑之才,将他的双眼刺瞎,收入宫中做宫廷乐师。孰料高渐离一心为挚友报仇,暗地里在筑中灌了铅,在一次演奏的时候,听音辨位,抡起筑就向秦王砸去。说句题外话,秦王,也就是秦始皇,简直是自带刺杀免疫光环。荆轲刺杀他,图穷匕见,功亏一篑;高渐离的这次行刺,也毫无例外地失败,自己被秦王杀死。后来还有一位在博浪沙中飞起大铁锥来袭击秦始皇车队的力士,结果是误中副车,秦始皇一根汗毛也没受伤。读史到此，令我们不禁感慨，秦始皇就是秦始皇，似乎老天爷都在偏帮着他。

作为南宋末年朝廷的宫廷乐师，南宋亡国后，曾随宋皇室北上，不离不弃，所写诗篇可称为南宋亡国之际的诗史，而后来又以道士身份南归，被时人视作神仙的汪元量，他的身上，又有什么故事呢？

宋度宗昭仪王清惠，是宋末难得一见的发出亡国之音的女词人。宋亡后，她随着宋室后宫三千人北上，在驿站题《满江红》词一首：

> 太液芙蓉，浑不似、丹青颜色。常记得、春风雨露，玉楼金阙。名播兰簪妃后里，晕生莲脸君王侧。忽一声、鼙鼓拍天来，繁华歇。　　龙虎散，风云灭。千古恨，凭谁说。对山河百二，泪痕沾血。客馆夜惊尘土梦，宫车晓转关山月。问嫦娥、垂顾肯相容，同圆缺。

一说此词是王清惠位下宫人张琼英所作。但汪元量、文天祥都给此词写了和词，题目中均称"和王昭仪韵"。所以，这里还是把这首词的著作权断给王清惠。作为一名宫中的贵妇人，在亡国后北上途中，睹景伤情，写出"鼙鼓拍天来，繁华歇""对山河百二，泪痕沾血"等警句来，亡国给她造成的巨大冲击、震惊、感伤之情，在词中低回不已。

而此时，汪元量正在被押送北上的宋人行列之中。与后来得知此词的文天祥一样，他写了一首和词《满江红》：

> 天上人家，醉王母、蟠桃春色。被午夜、漏声催箭，晓光侵阙。花覆千官鸾阁外，香浮九鼎龙楼侧。恨黑风、吹雨湿霓裳，歌声歇。　　人去后，书应绝。肠断处，心难说。更那堪杜宇，满山啼血。事去空流东汴水，愁来不见西湖月。有谁知、海上泣婵娟，菱花缺。

这首和词也极尽哀痛之意。

北上十余年后,汪元量以道士身份申请南归。忽必烈放其南归,王清惠有《送水云归吴》一诗相送:

朔风猎猎割人面,万里归人泪如霰(xiàn)。
江南江北路茫茫,粟酒千锺为君劝。

于此可见汪元量与王清惠的交谊。虽说按照礼法,身为宋度宗昭仪的王清惠本不该对身为宫廷乐师的男子假以辞色,但亡国之悲、宋室被虏北迁的遭遇打破了这一世俗桎梏,使得两人在家国之情的基础上找到了共同的语言,并相互唱和。这也算是乱世中的一段异数。

重过金陵万事悲

汪元量词中最重要的一首，要数他从大都南归，重新路过金陵时所作的《莺啼序》：

金陵故都最好，有朱楼迢递。嗟倦客、又此凭高，槛外已少佳致。更落尽梨花，飞尽杨花，春也成憔悴。问青山、三国英雄，六朝奇伟。　　麦甸葵丘，荒台败垒。鹿豕衔枯荠。正潮打孤城，寂寞斜阳影里。听楼头、哀笳怨角，未把酒、愁心先醉。渐夜深，月满秦淮，烟笼寒水。　　凄凄惨惨，冷冷清清，灯火渡头市。慨商女不

汪元量《汪水云诗》书影，钱谦益家抄本

知兴废。隔江犹唱庭花,余音亹(wěi)亹。伤心千古,泪痕如洗。乌衣巷口青芜路,认依稀、王谢旧邻里。临春结绮。可怜红粉成灰,萧索白杨风起。　　因思畴昔,铁索千寻,谩沉江底。挥羽扇、障西尘,便好角巾私第。清谈到底成何事。回首新亭,风景今如此。楚囚对泣何时已。叹人间、今古真儿戏。东风岁岁还来,吹入钟山,几重苍翠。

这首词是罕见的四阕长调。最特别的地方在于,它好像是在特意向前人致敬,将唐诗宋词中的名句融进词中,造成了一种熟悉的陌生感。

"月满秦淮,烟笼寒水""慨商女不知兴废。隔江犹唱庭花"化自杜牧的《泊秦淮》"烟笼寒水月笼沙,夜泊秦淮近酒家"。"潮打孤城"化自刘禹锡《金陵五题·石头城》"潮打空城寂寞回","认依稀、王谢旧邻里"化自《金陵五题·乌衣巷》"旧时王谢堂前燕"。"凄凄惨惨,冷冷清清"取自李清照的名作《声声慢》"寻寻觅觅,冷冷清清，凄凄惨惨戚戚"。"铁索千寻，谩沉江底"化自刘禹锡《西塞山怀古》"千寻铁锁沉江底，一片降幡出石头"……

将与金陵有着关联的如此之多的旧典诗词融进一首词中，来寄托江山易色、朝代变迁、沧海桑田的千古兴亡之感，在宋词中是不多见的。汪元量在这里绝不是在炫耀技巧，或是随手沿袭他人的成句，而是将亡国之后的满腔悲郁萧索之情倾注在词中，所谓重过金陵万事悲，这首词里面，蕴含着词人对南宋王朝终于逝去的无奈，以及对历史命运不可捉摸的感叹。正所谓"叹人间、今古真儿戏。东风岁岁还来，吹入钟山，几重苍翠"。

宋词在这里，画上了一个沉重的句号……

莺啼序①

金陵故都最好,有朱楼迢递②。嗟倦客、又此凭高,槛外③已少佳致④。更落尽梨花,飞尽杨花,春也成憔悴。问青山、三国英雄,六朝奇伟。　　麦甸葵丘⑤,荒台败垒。鹿豕衔枯荠⑥。正潮打孤城,寂寞斜阳影里。听楼头、哀笳怨角,未把酒、愁心先醉。渐夜深,月满秦淮,烟笼寒水。　　凄凄惨惨,冷冷清清,灯火渡头市。慨商女、不知兴废。隔江犹唱庭花,余音亹亹⑦。伤心千古,泪痕如洗。乌衣巷口青芜路,认依稀、王谢旧邻里。临春结绮⑧。可怜红粉成灰,萧索白杨⑨风起。　　因思畴昔,铁索千寻,谩沉江底。挥羽扇、障西尘⑩，便好角巾私第⑪。清谈⑫到底成何事。回首新亭⑬，风景今如此。楚囚对泣何时已⑭。叹人间、今古真儿戏。东风岁岁还来，吹入钟山⑮，几重苍翠。

〔注释〕

①莺啼序：词牌名，又名《丰乐楼》。共四阕，在词中字数最多。②迢递：高峻的样子。③槛（jiàn）外：栏杆外面。槛：窗户或长廊旁的栏杆。④佳致：美好的景致。⑤麦甸（diàn）：长满麦子的野地。甸，古时郭外称郊，郊外称甸。葵丘：长满葵菜的山丘。⑥鹿豕（shǐ）衔枯荠：麋鹿和野猪衔着枯萎的荠菜。⑦亹亹：形容余音袅袅不绝。⑧临春结绮：南朝陈后主修建的两座楼阁名，后泛指历史上豪华的楼阁建筑。⑨萧索白杨：古人在墓地多种白杨，后来常用白杨暗喻坟冢所在。⑩挥羽扇、障西尘：见《世说新语·轻诋》。王导与外戚庾亮共掌大权，其势相抵，一日大风扬尘，王导以扇拂之，并且说："元规（庾亮的字）尘污人。"词中比喻南宋士大夫不能同心合力共御外侮。⑪便好角巾私第：见《世说新语·雅量》。庾亮要带兵到王导的治所来，有人建议王导严加戒备。王导说："我与元规虽俱王臣，本怀布衣之好。若其欲来，吾角巾径还乌衣，何所稍严。"这里比喻南宋士大夫不能以大事为重。角巾，有棱角的头

巾,是隐士所常戴的,这里指居家服饰。乌衣,建康城内的乌衣巷。⑫清谈:亦称"清言"或"玄言",指魏晋时期崇尚虚无,空谈名理的风气。⑬新亭:故址在今南京市南,此处用"新亭对泣"的典故,见《世说新语·言语》。⑭楚囚对泣何时已:此处亦用"新亭对泣"的典故,指词人被俘后的悲痛心情。楚囚,本指春秋时被俘到晋国的楚国人钟仪,后借指被囚禁的人。⑮钟山:又名紫金山,在南京市东北。

〔翻译〕

金陵故都的风景是最美好的,有朱红的高楼耸立。可叹流落天涯的倦客,再次归来此地登高远望,栏杆外已没有多少美好景致。更何况梨花落尽、杨花飞尽,春光也变得十分憔悴。问青山,可还记得三国的英雄、六朝的雄伟?

郊外荒丘长满各种各样的野草,荒台败垒中,猪和麋鹿衔着枯荠菜出没。寂寞的夕阳残照下,潮水拍打孤城。听着楼头哀怨的鼓角声,尚未举杯,愁心已如酒醉。夜色渐深,月光照进秦淮河,烟雾笼罩着寒冷的河水。

渡口处夜市的灯火凄凄惨惨、冷冷清清。可叹歌女不知国家兴废之恨,隔着江水还在唱那《御书后庭花》遗曲,余音袅袅让人心痛。感叹着千古兴亡之事,不禁泪流如洗。乌衣巷口的道路一片荒芜满是苔痕,只依稀认出旧时富贵人家比邻居住的残垣断壁。临春阁、结绮阁两座名殿早已荒废,可怜当年的佳人如今化为了灰尘,墓地里的白杨树,随着风起发出一片萧瑟之声。

不禁回想起过去,吴国用千寻铁索横江抵抗西晋大军,最终国家破灭,铁索空沉江底。手挥羽扇遮挡西来的尘土,正好头戴角巾身着便服回到自己的宅第。清妙的玄谈到底能做成什么事呢?只能像东晋渡江诸人一样在新亭上回首眺望,慨叹家国风景常常如此变异。如今身为囚徒,悔恨哭泣何时才能停止。可叹古往今来的兴亡竟如同儿戏。只剩下东风年年到来,吹入钟山,添上一重重绿树苍翠。